COLLECTION FOLIO

François Weyergans

Macaire le Copte

Gallimard

© *Éditions Gallimard*, 1981.

Né en 1941, François Weyergans a d'abord été critique de cinéma et a réalisé des courts métrages, dont un sur Jérôme Bosch. Il a travaillé aussi pour la télévision. Il a mis en scène un opéra de Wagner, *Tristan und Isolde*. Il a écrit et réalisé des films : *Je t'aime tu danses, Maladie mortelle, Couleur chair.*

Surtout, il poursuit une œuvre littéraire qui fait de lui « un des meilleurs écrivains apparus depuis dix ans » (F. Nourissier).

Cinq romans publiés jusqu'à présent : *Le Pitre* (1973), *Berlin mercredi* (1979), *Les Figurants* (1980), *Macaire le Copte* (1981), *Le Radeau de la Méduse* (1983).

Macaire le Copte a obtenu le prix Roussel 1981 et le prix des Deux Magots 1982.

Of Immortality
His Strategy
Was Physiognomy

Emily Dickinson

I

L'homme tremblait. Son corps décharné était en proie à des agitations involontaires. Une douleur fulgurante lui traversa l'estomac. Il retint un cri. L'inflammation de ses paupières le torturait : chaque fois qu'il les ouvrait ou les fermait, il croyait qu'on lui râpait les yeux. La fièvre le consumait. Il ne transpirait même pas. Du reste, la nuit était glaciale. L'eau stagnante se refroidissait. N'y tenant plus, il voulut se gratter la cuisse et s'inquiéta de la trouver molle : il venait d'empoigner un crapaud couvert de verrues. Il avait les doigts si engourdis qu'il ne le lâcha pas tout de suite.

Des contractures dans le dos et la poitrine le raidissaient. Il pensa que toutes ses dents allaient tomber à la fois. Ses nerfs lui brûlaient la nuque.

Il entendit les claquements de bec d'un marabout qui engouffrait des restes de charognes. Il y eut aussi des aboiements aigus de chacals, que le marabout tenait à distance. On était au milieu de l'été. Les cadavres de rongeurs se putréfiaient vite.

Il perçut le vol silencieux d'une effraie qui tournoyait autour de lui. Un oiseau vint se poser sur sa tête et chercha sa nourriture dans la masse pâteuse des œufs de poux qui lui collaient les cheveux.

Il n'était plus capable de lever ses yeux injectés de sang et d'humeurs vers le ciel. Regarder les étoiles ne lui aurait d'ailleurs servi à rien.

Il savait que le soleil paraîtrait bientôt au-dessus de l'horizon. A ce moment, il s'en irait.

Avant qu'il ne soit rentré, il lui faudrait marcher pendant sept ou huit heures. Du moins avait-il mis sept heures pour venir dans ce marais. Entre-temps son corps s'était tuméfié. Il s'écroulerait certainement sur le chemin du retour.

La peau tannée par les vents et le soleil, le corps abîmé par les jeûnes, il n'était qu'un sac d'os. Il ne savait pas exactement son âge, mais c'était au-delà de cinquante ans.

Le sable, dans la journée, deviendrait de plus en plus brûlant. La caillasse lui couperait les pieds. Il affronterait les scorpions jaunes qui se confondent avec le sol. Il savait aussi qu'il ne pourrait compter sur aucun point d'eau. Il n'avait pas bu, ni rien mangé, depuis l'avant-veille. Chez lui, il trouverait une dizaine d'olives et il aurait encore à marcher une heure vers le sud pour puiser de l'eau.

Des rapaces l'escorteraient, montés très haut dans le ciel afin d'y chercher de la fraîcheur.

Pendant la nuit, il avait lutté à plusieurs reprises contre la tentation de se baisser et de boire l'eau infecte et croupie qui lui arrivait à mi-jambe. Moins par dégoût que pour ne pas faillir à sa volonté de se tenir debout et droit jusqu'à l'aube, il y avait renoncé. Deux jours durant, à cause des odeurs fétides qui l'entouraient, il avait cru qu'il allait vomir. La bile lui remontait dans l'œsophage. Il n'y prêta pas attention. C'était une ruse des démons. Il s'y attendait. Il se concentra davantage, s'efforçant de garder son corps ferme comme un tronc de dattier, malgré l'arête effilée d'une pierre qui, sous l'eau, lui entaillait la plante du pied.

Les moustiques ne cessaient de l'attaquer. Ils étaient gros comme des sauterelles. C'était pour eux qu'il était venu jusque-là. Deux jours avant, dans sa cellule, un moustique l'avait piqué, et lui, qui souhaitait devenir un saint, s'était abandonné à la colère et, s'acharnant sur l'insecte, l'avait tué. En expiation de ce péché, il s'obligea à partir sans délai afin d'exposer pendant quarante-huit heures sa peau nue aux assauts des moustiques qui pullulaient autour du marais de Guébélinn, un lieu empuanti que les caravanes évitaient.

Il avait marché sous un soleil écrasant, s'étant nourri du jus amer d'une coloquinte, et respirant de la poussière chaude.

Dans le marais, au bout de quelques heures, il devint méconnaissable. On l'aurait pris pour un pestiféré ou un lépreux. Ses membres et son tronc se gonflèrent. Il fut plein de boursouflures et de cloques. Sa peau se distendit : ces gros moustiques auraient pu percer même celle des sangliers. Il s'offrit tout entier à leur furie. Leur bruissement perpétuel et aigre lui rompit la cervelle.

Il vivait nu depuis plusieurs années et sa peau s'était durcie comme la pierre. Seuls ses yeux bleus avaient gardé quelque chose de l'apparence aimable qu'il avait eue jadis. Il avait renoncé à rencontrer des êtres humains et n'attendait plus rien de personne. Il s'efforçait de devenir une manifestation du mystère de Dieu. A chaque faux pas, il se punissait. Il se montrait encore plus vigilant si la faute était minime, comme ce moustique écrasé dans un instant de colère.

Les chacals jappèrent de nouveau. Le vent avait tourné. Ils avaient dû flairer des proies. Ils s'éloignèrent. Bientôt le ciel flamboierait.

Les moustiques continuaient de sucer le sang du vieil homme immobile.

Au petit jour, il remercia le Seigneur, récita des versets des Psaumes et ajouta la seule prière qu'il aimait : « Seigneur, prends pitié de moi, pauvre pécheur. » Il souffrit mille morts en se frayant un passage à travers les joncs glauques et les broussailles qui bordaient l'eau. Son corps meurtri ne supportait pas le moindre contact.

Il partit en marchant à quatre pattes. Les moustiques le suivirent, puis l'abandonnèrent.

Passées deux heures environ, il essaya de se mettre debout. Ses genoux ressemblaient à des ventres de poissons morts. Il avisa deux arbres qui tombaient l'un sur l'autre et se traîna jusqu'à eux pour s'abriter du soleil. Il avait la bouche et la barbe emplies de sable.

Il se remit en route, assommé par la fièvre.

II

Il s'appelait Macaire. Ce n'était pas le nom que ses parents lui avaient donné. Il avait oublié depuis longtemps le nom qu'il portait dans sa jeunesse. Les noms de ses parents aussi étaient sortis de sa mémoire. L'aurait-il voulu, il n'aurait pu se souvenir de leurs visages ou du son de leur voix. Qu'étaient devenus tous ses frères et sœurs ? S'ils vivaient encore, ils étaient les esclaves d'un riche propriétaire du Delta, ou bien en ville, à Alexandrie.

Macaire considérait ses souvenirs comme des serpents : comme eux prompts à mordre, et il leur cassait l'échine. Il n'était pas arrivé à les tuer tous. Quelques images anodines venaient encore le troubler.

La nuit précédente, les yeux fermés, il avait revu le hameau de son enfance, près de Coptos, et les pourceaux qu'il gardait avec ses frères, des porcs à demi sauvages qu'on menait en troupeau dans les champs où ils piétinaient le sol pour faire pénétrer le grain dans la terre humide. Le vieux Matoès leur avait appris que les truies mangeaient leurs petits, qu'elles s'en régalaient et qu'il existait dans le ciel une grande Truie divine qui, à l'aurore, dévorait les étoiles, car les étoiles n'étaient rien d'autre que des petits cochons.

Avec ses frères, Macaire capturait des oiseaux auxquels ils arrachaient toutes les plumes. Ils s'en amusaient pendant un jour ou deux et les faisaient ensuite rôtir dans le four qui avait été construit à l'extérieur de la maison pour ne pas enfumer les deux chambres où vivait la famille.

Étant l'aîné, Macaire devint esclave avant les autres. Il avait pris l'habitude de travailler dur, du matin au soir, dès son plus jeune âge. Il nourrissait les mulets aveugles qui tiraient la meule. Son père, un petit artisan qui était souvent malade, peignait à l'encaustique et teintait des étoffes par mordançage à l'alun. Ces travaux lui étaient commandés par des riches, et les riches quittaient la région. On fit donc travailler les enfants, qui étaient encore petits. Les oncles, qui auraient pu leur venir en aide, s'étaient établis dans le Delta. Quand il fut décidé que Macaire deviendrait esclave, sa mère, déformée par les grossesses, avec des seins en pis de chèvre, allaitait son onzième enfant. Elle paraissait le double de son âge. C'était la misère. Macaire avait une quinzaine d'années.

Il fut vendu, avec un lot d'adolescents, à une famille d'Athéniens installée depuis des générations aux abords d'Alexandrie. Il vit la mer pour la première fois et apprit quelques mots de grec. Il s'étonna que les tombeaux des pharaons soient devenus, dans la langue grecque, des « pyramides », un nom qui désignait des petits gâteaux secs en forme de cône.

Il travailla sur un chantier où l'on construisait des bateaux plats qui servaient au transport des animaux sur le Nil. Son contremaître se moqua de lui, rejeton d'un peuple qui avait adoré des oiseaux de proie, des singes et même des crocodiles. Pendant des mois, il dut équarrir des troncs d'arbres.

La fille de la maison visita le chantier, le remarqua et exigea qu'il soit mis à son service. Elle était capricieuse et s'appelait Amazonia. Elle avait vingt-quatre ans, détestait le soleil et portait des vêtements de couleurs violentes qui faisaient ressortir la pâleur de son teint. Macaire lui prépara des infusions aromatisées à la cardamome. Elle lui lança des regards enflammés et lui fit comprendre qu'il ne lui déplaisait pas. Il était élancé, robuste et beau. Un soir, comme il allait prendre congé, elle le retint auprès d'elle. Ils passèrent quatre nuits ensemble.

Si, depuis Rome, l'évêque Calixte avait jadis autorisé les relations coupables entre les femmes et leurs esclaves, Macaire savait que ces relations étaient à présent punies de la peine de mort : l'empereur, celui qui s'était agenouillé devant l'ermite Paphnuce et avait baisé son œil crevé, tenait à ce que tous ses sujets mènent une vie conforme à la morale. D'autre part, Macaire se demandait pourquoi la jeune femme grecque s'intéressait tant à lui : « Elle porte de si coûteux et beaux vêtements », pensait-il. Et puis il se revoyait en train d'aider Amazonia à enlever ces mêmes vêtements et il brûlait d'envie de la rejoindre. Sur le chantier, on sut vite qu'il était l'amant de la fille du maître. On menaça de le dénoncer. Il en parla à Amazonia, qui, folle d'inquiétude, espaça leurs rencontres et finit par se refuser à lui. Elle fut intransigeante : « Je ne veux pas me réveiller un jour en apprenant qu'on t'a coupé la tête. » Elle fit sortir Macaire de sa chambre, et détourna les lèvres quand il voulut l'embrasser une dernière fois. Dehors, il s'imagina qu'on le suivait.

Alarmé, il prit la fuite. Il se cacha près du port. Un magicien voulut lui vendre une statue de femme en terre crue et des aiguilles d'argent. Il lui suffisait d'enfoncer les aiguilles dans les yeux, les seins et le sexe de la statue, et d'invoquer les démons Abrasax et Barbaratha, pour que l'amour de la femme qu'il aimait renaisse. Macaire hésita mais renonça lorsqu'il apprit qu'il fallait déposer la statue dans la tombe d'une personne morte de mort violente. Il n'avait du reste pas de quoi payer le magicien, qui se mit à l'injurier et, se ravisant, lui demanda de travailler avec lui. Ce magicien, d'une quarantaine d'années, était petit, difforme, tout déjeté, frétillant. Son visage mettait mal à l'aise. Il fixait sur les gens des yeux d'un noir insupportable. Son regard fascina Macaire. Sans réfléchir, il accepta de devenir l'aide de ce gnome qui se faisait appeler Chnoubis.

Macaire commença par écouler la nuit, sur le port, des pierres fines gravées en creux, où se trouvaient représentés des génies à tête de coq, vêtus de jupons qui laissaient voir, en guise de jambes, des serpents qui s'entrelaçaient. Ces intailles magiques faisaient peur et la peur faisait vendre. Des marins qui remontaient à bord au petit jour croyaient se repentir de leur intempérance en abandonnant quelques pièces à l'Égyptien taciturne qui leur présentait des amulettes. « Surtout, avait recommandé Chnoubis, n'explique jamais rien. Tu répètes *Ioao, Ioao* trois fois et tu tends la main, l'argent vient ou ne vient pas, n'insiste pas. Regarde tes pieds. Compte la monnaie, quand même ! Si tu as affaire à des marins juifs, parle-leur des archanges Uriel, Suriel et Gabriel. »

Avec les premiers sous qu'il gagna, Macaire fut forcé par son nouvel employeur d'acquérir une petite pierre de lune polie avec une inscription en lettres magiques : « Si jamais je te disais ce que signifie cette formule, tu mourrais ! », affirma Chnoubis, qui ajouta : « Crois-moi, moins tu en sais dans la vie, mieux tu te portes. » Gêné par cette pierre dont les vertus ne l'impressionnaient pas, Macaire la revendit.

Chnoubis l'entraîna plusieurs nuits de suite dans des cimetières où, en compagnie d'autres nécromanciens, il communiquait avec des enfants morts. On extorquait de l'or et d'autres métaux précieux aux parents. Un ventriloque se chargeait de les faire pleurer. Macaire, à la fin de la réunion, brandissait ses amulettes, qu'on pouvait regarder par transparence à la lueur d'une torche de résine.

Quand Chnoubis comprit que Macaire était un esclave en fuite, contraint de se cacher, il changea d'attitude. Cessant aussitôt de payer son aide, il le molesta et l'enferma dans une cave. Chaque jour, le menaçant d'un poignard à longue lame qu'il était prêt à lui plonger dans le ventre, il exigeait du sperme, qu'il mélangeait à d'autres substances liquides dans le but de composer un aphrodisiaque. Épouvanté, Macaire avait beaucoup de mal à satisfaire Chnoubis. Il parvint à s'enfuir à la suite d'un combat corps à corps avec le magicien qu'il défigura en lui lançant au visage une lourde lampe de bronze.

Il voulut se réfugier dans l'île de Pharos, qu'un môle reliait à la ville. Il préféra se terrer dans des gargotes. On lui proposa de se prostituer à des marins siciliens. Il ne songeait plus qu'à quitter Alexandrie. Il s'associa à une troupe de pilleurs de tombes. Ils furent attirés dans un guet-apens. Macaire réussit à échapper à ses poursuivants. Il erra dans le désert.

Il fut hébergé par un prêtre, qui lui raconta la vie de Jésus de Nazareth.

« Abandonne tout, viens et suis-moi », avait dit le Fils de Dieu. Macaire n'avait rien à abandonner mais la vie de Jésus le frappa d'étonnement. Il resta chez le prêtre et répara la toiture, fabriqua des sandales, prépara les repas. Tous les jours, il s'exerçait à prier. Il se convertit, fut baptisé, communia. Ensuite de cela, il décida de devenir moine.

Il renonça à dormir sur une natte de joncs tressés et s'habitua à la terre nue. Ne sachant ni lire ni écrire, il apprit par cœur les passages des Évangiles qui lui plaisaient, surtout les miracles et le Jardin des Oliviers. Il quitta le prêtre et s'avança plus avant dans le désert, pour y rencontrer les démons, et que les démons le conduisent vers Dieu.

Il chercha longtemps un endroit où s'établir, près d'un point d'eau, dans le calme et le silence. Il rencontra quelques ermites qui lui crièrent de passer son chemin. Il dormit dans des temples en ruine. En plein jour, il crut entendre la voix des démons qui le menaçaient : « Retourne vers le fleuve, pars de chez nous ! Le désert nous appartient. » Il poursuivit sa route et s'arrêta près d'un rocher rouge, à dix minutes de marche d'une grotte où il avait vu un vieillard en prière qui ne lui avait pas dit, comme les autres, de s'en aller.

Il vivait là depuis quatre ou cinq mois quand son frère cadet Amoun, qui pensait encore que la lune était l'œil du dieu borgne Horus, retrouva sa trace. Il espérait que Macaire le nourrirait et l'abriterait. Il était tout prêt à se convertir au besoin et à devenir moine, pour échapper à l'esclavage. Macaire le renvoya. Il se présenta de nouveau, et exigea de l'argent, parlant d'aumône. Macaire alla trouver Patermouthios, le saint vieillard, son voisin, dont il était entre-temps devenu le disciple :

— Mon frère Amoun est là, qui n'a pas le nécessaire et qui demande que je le soulage. Laissez-moi lui faire l'aumône.

— Non, dit le vieillard.

Macaire, sachant que son frère attendait et avait faim, insista :

— Mon frère n'est-il pas un pauvre comme les autres ?

Le vieillard se montra inexorable.

— Pourquoi ? demanda Macaire.

Patermouthios était en train de tresser une corbeille avec des palmes sèches. Macaire et lui en fabriquaient à longueur de journée et les revendaient. Ainsi avaient-ils de quoi subsister et faire l'aumône. Patermouthios ne leva même pas les yeux pour répondre :

— Ne vois-tu pas que c'est ton propre sang qui s'adresse à toi ? C'est une tentation. Tu dois y résister.

Ce jour-là, le vieillard enjoignit à son disciple de changer de nom, lui imposant celui de Macaire. Et puisqu'il était né près de Coptos, on prit l'habitude de dire Macaire de Coptos, afin de ne pas le confondre avec d'autres Macaire, singulièrement Macaire d'Alexandrie et le grand Macaire, celui qui édifia un ermitage dans le désert de Scété. Plus tard, après sa mort, des gens qui ne connaissaient même pas l'agglomération de Coptos, des gens venus d'autres pays, l'appelèrent Macaire le Copte.

Macaire ne faisait aucun progrès. Il essayait de méditer et se surprenait à penser à tout autre chose. La nuit, au lieu de prier, il s'endormait.

Il alla trouver Patermouthios, qui détestait d'être dérangé. Il se risqua à lui demander de prier pour lui. Le vieillard le prit de haut :

— Prier pour toi ! Tu veux m'attendrir ? Ni Dieu ni moi n'aurons pour toi la moindre commisération tant que tu ne te feras pas violence. Est-ce que le démon t'accable la nuit ?

— Non.

— Pourquoi le démon s'occuperait-il de toi ? Tes pensées et tes actions ne méritent pas qu'il se déplace. Peut-être Dieu te prend-il en pitié, empêchant le démon de venir te troubler : tu ne supporterais pas d'être tenté. Prie plutôt pour être tenté ! C'est à ses tentations qu'on juge un vrai moine.

Toute la nuit, Macaire appela les démons. Il s'imagina qu'il se saoulait et caressait des femmes nues. Ces images restaient très floues dans sa tête et ne l'intéressaient pas. Le seul résultat fut qu'il oublia de prier.

A l'aube, il retourna chez Patermouthios, s'assit en silence à côté de lui et l'aida à finir une corbeille. Patermouthios le jeta dehors et lui dit qu'il était temps qu'il songe à devenir le disciple de quelqu'un d'autre. Macaire le regarda d'un air effaré. « Tu n'es pas mon disciple ! », répéta le vieillard.

Pour se faire pardonner, Macaire passa le reste de la journée à prier, debout en plein soleil. Il s'interdit de frémir lorsqu'une vipère à cornes, jaune et noire, vint s'immobiliser près de lui, sous le sable.

A la nuit tombante, il grelotta et eut envie de pleurer. Il s'évanouit. Patermouthios ne le secourut pas.

Il se releva tout seul, dans le noir, avec des élancements comme si on lui avait fendu le crâne.

Il comprit que le vieillard agissait de la sorte avec lui pour l'éprouver. Il n'eut pas le courage de l'affronter à nouveau et se résolut à passer une deuxième nuit à l'écart. Si possible, il prierait. Il avait mal partout et la faim le tourmentait. Il se découragea et tomba à genoux. Plus tard, il s'assit. Il se tordait sur lui-même à cause de douleurs violentes dans le bas-ventre, sur le trajet des nerfs.

Un ânier, qui faisait le commerce de singes qu'il capturait au-delà de Méroé, dans l'ancien royaume de Nubie, s'approcha dès l'aurore, avec sa caravane. Macaire et lui se reconnurent : ils avaient eu faim ensemble quand ils étaient plus jeunes, ayant aussi pris part aux mêmes jeux dans le même village. L'ânier s'étonna de le rencontrer en train de dire des prières, habillé comme un meurt-de-faim. Ils parlèrent peu. L'ânier apprit à Macaire que son père venait de mourir. Macaire s'emporta :

— Tu blasphèmes ! Pourquoi viens-tu m'outrager ? Mon Père est immortel et il se trouve dans le ciel.

Bien que son métier de marchand l'ait accoutumé aux lubies de toute espèce, l'ânier se dit que Macaire exagérait. Il le trouva devenu bien susceptible. A quoi rimait ce fanatisme ? Il crut de son devoir d'ajouter quelques précisions. Il avait lui-même lavé les vêtements du mort dans l'eau du fleuve. Il conclut :

— Ta mère se retrouve seule. Tu es responsable d'elle. C'est toi l'aîné. Que comptes-tu faire ? Que veux-tu que je lui dise quand je la reverrai ?

Macaire se tut. Il ne voulait pas penser à sa mère. Les compagnons de l'ânier crièrent qu'il était temps de repartir. Quelques-uns des bourricots se mirent à braire. Un oiseau s'envola, tenant dans son bec un lézard aussi grand que lui.

Macaire, sans dire au revoir, s'éloigna. Son attitude ulcéra l'ânier.

La nuit étant venue, Patermouthios réprimanda son disciple, l'obligea à rester dehors et ne lui apporta pas d'eau. Il lui fit sucer les noyaux de quelques dattes qu'il avait lui-même mangées. En silence il plaça dans chacune des mains de Macaire une lourde pierre et lui dit de lever les bras.

A l'aube, il revint le trouver et le chassa. Macaire partit. Le vieillard le rattrapa et le gifla :

— Qui t'a dit de t'en aller ?

Il installa Macaire dans sa propre cellule, lui demandant de s'étendre sur une natte qu'il avait récemment tressée.

Le lendemain à l'aube, Macaire fut réveillé par Patermouthios qui lui donnait des coups de pied :

— Disparais ! Va-t'en ! Tu as trop dormi ! Tu as ronflé ! Tu as fait injure au Seigneur !

Comme la veille, Macaire quitta la cellule et prit la direction de la piste caravanière où il avait rencontré son ami l'ânier. Le vieillard lui courut après et, arrivé à sa hauteur, lui fit un croche-pied :

— Pourquoi t'en vas-tu ? Tu n'as pas le droit de t'en aller !

Macaire, qui avait faim, fut soulagé qu'on lui demande de rester. Il avait peur de partir. Il appréhendait les hyènes, les scorpions, la soif. Auprès de Patermouthios, qu'il révérait, il se sentait bien.

Dans le noir, le vieillard lui parla :

— Tu es fier de toi parce que tu penses à Dieu et que tu l'invoques, mais tes actes ne valent rien du tout. Tu es comme un pauvre qui demande qu'on lui prête un beau vêtement pour assister à une fête. Quand la fête est finie, il faut qu'il aille rendre le vêtement. Dieu n'est pour toi que ce vêtement, quelque chose qui brille. Voilà pourquoi je ne veux plus que tu restes ici. Pars tout de suite !

— En pleine nuit ?

— Même au grand jour, tu vis dans les ténèbres ! Le vrai moine transforme la nuit en jour par ses prières. Toi, quand tu pries, tu ne fais que copier mes prières. Tu vas t'en aller dans la direction que je t'indiquerai et quand tu seras à bout de force, le jour se lèvera et je te souhaite de rencontrer un autre ancien qui voudra peut-être de toi comme disciple.

Macaire était atterré. Patermouthios lui ordonna de méditer, chemin faisant, la parole du Seigneur : « Je ne désire pas la mort de celui qui meurt. »

— Pourquoi ne me donnez-vous pas une phrase plus simple à comprendre ? demanda Macaire.

Le vieillard, qui n'aimait pas les explications, se contenta de montrer à Macaire les étoiles qu'il aurait à suivre pendant sa marche. Macaire s'éloigna lentement. Il s'attendait à être interpellé comme les autres fois, mais Patermouthios était rentré dans sa cellule et s'était mis à lire. Allongé sur une couche de pierre, il tenait le livre au-dessus de sa tête : quand il lui arrivait de s'assoupir, le livre lui tombait sur la figure et il se réveillait aussitôt.

Macaire marcha longtemps et, avant l'aube, il s'endormit. Il se réveilla et eut envie de retourner auprès de Patermouthios.

L'amour-propre le retint. Il redoutait les imprécations et les quolibets du vieillard. Il regarda autour de lui. Le gravier monotone s'étendait à perte de vue. Deux oiseaux, qu'il n'avait pas vus parce que leur couleur se confondait avec celle des cailloux, s'envolèrent. Ils allaient vers le nord, où il y avait donc un point d'eau.

Macaire souhaitait que les démons viennent l'éprouver. Il crut entendre des susurrements. Il prit peur. Il se rappela des histoires qu'on lui avait racontées. Un jour, le diable avait crevé les yeux d'un moine. Ce moine n'avait pas demandé à Dieu de lui rendre la vue, mais Dieu, ému par la sagesse du moine, lui avait permis de voir à nouveau. Macaire ne voulait pas avoir les yeux crevés. Il savait que le diable se déguisait parfois en femme ou en évêque. S'il devait être tenté, il souhaitait que ce soit comme cela.

Rien n'advint, sauf que la matinée fut torride. Macaire marcha au hasard parmi les pierres brûlantes. Il trébuchait souvent. Des lourdeurs de tête l'anéantissaient, il aperçut finalement des rochers et des arbres. Il se hâta et trouva quelques fruits à manger, amers comme la suie.

L'endroit lui plut. Il se dit qu'il pourrait s'y

établir. Il découvrit des morceaux de bois brûlé. Des marchands passaient donc par là, ou des pillards. Il n'aurait qu'à les attendre et repartir avec eux.

Des nuages apparurent. Macaire les observa. Ils s'amincissaient et s'évaporaient l'un après l'autre. La nuit tomba. Le ciel était criblé d'étoiles. Macaire se souvint des paroles de Patermouthios. Loin d'ici, un autre saint vieillard l'attendait. « A un signe, tu sauras que c'est lui », avait dit Patermouthios.

« Quel signe ? », se demandait à présent Macaire. Il voulut prier à haute voix, parce qu'il en avait le devoir et pour se sentir moins isolé, moins fragile. Il se rendit compte qu'il avait oublié les versets de son psaume préféré, celui qu'il récitait avec Patermouthios à la quatrième et à la neuvième heure.

Il ne ressentait pas le moindre désir de s'en aller. Il s'allongea contre un rocher qui dégageait encore de la chaleur. La pierre était lisse et luisait dans le noir. Il la caressa. Des bestioles lui chatouillèrent la nuque et le dos. Il n'eut aucun mouvement pour les chasser. Le bien-être l'engourdissait. D'une main il touchait le granit tiède, l'autre jouait avec du sable qui s'était refroidi. La vie lui parut moins âpre. Il prit plaisir à uriner sans changer de place, comme si de rien n'était. Plus tard, en aveugle, il cueillit des fruits. Il en trouva un qui avait une pulpe sucrée. Le jus lui coula dans les mains. Malgré la fatigue et les privations des jours précédents, il s'imagina qu'il n'aurait plus jamais besoin de dormir.

Le souvenir de Patermouthios l'obsédait. Soudain il comprit qu'il était en train de vexer Dieu qui habitait dans son âme. Il se secoua. Il repéra le groupe d'étoiles que Patermouthios lui avait montré la veille et se mit en route automatiquement. Il était nu-pieds. Dans la crainte de marcher sur un serpent, il ramassait des cailloux qu'il jetait devant lui. Patermouthios aurait ricané.

Au lever du jour, très haut dans le ciel, il fixa des nuages fugaces qui le mirent de bonne humeur. Il éprouva une brusque envie de rire, qu'il contint.

Il avait eu le malheur de rire devant Patermouthios, au tout début. Ce rire avait déplu : « Il ne faut penser qu'à l'heure du jugement, et toi tu éclates de rire ! »

Macaire regarda le ciel, d'un bleu insaisissable. Il ne voyait pas de végétation, rien qui indiquât la proximité d'un village. La vue d'une tache marron clair à l'horizon le stimula. Ce n'était qu'un amas de roches erratiques. Il y arriva dans l'après-midi. Sa déconvenue fut grande. Du moins se mit-il à l'ombre.

Un berger le trouva le lendemain, inanimé, et lui donna à boire. Après quoi il convainquit Macaire de l'accompagner. Ils marchèrent pendant plusieurs jours, entraînant avec eux trois chèvres faméliques et omnivores que le berger espérait vendre.

Au bord du Nil, plus tard, Macaire se ressaisit et demanda où il pourrait rencontrer des moines. Il comprit qu'il avait bel et bien été tenté. Le démon ne s'était pas transformé en femme mais l'avait attaqué à l'intérieur, dans son esprit et dans son âme. Il avait péché par insouciance. Au lieu de s'attarder, il repartit vers le désert.

Il avait alors dix-neuf ans, en 55 de l'ère de Dioclétien, plus de trois siècles après la naissance du Christ.

III

Muni d'une outre d'eau, Macaire se dirigea, à l'est de Karâra, vers les montagnes où on lui avait affirmé que vivaient des moines. Ils étaient, assurait-on, accueillants.

Il venait de passer dix jours dans un village construit presque au bord du fleuve, logeant chez un vieux boulanger qui lui avait appris à faire du pain. Ce boulanger, né à Alexandrie, ayant quitté la ville parce qu'il y trouvait trop de concurrence et qu'il ne supportait pas tous ces Romains et ces Grecs, n'avait jamais vécu avec une femme et n'avait pas d'enfant. Il proposa à Macaire de reprendre son commerce :

— Le village est grand. Ici, c'est la seule boulangerie. Je t'aurai vite appris le métier. Tu seras libre, heureux. Je ne me retirerai pas très loin. Si tu as besoin d'aide, tu me demanderas de venir et je viendrai.

Il avait ajouté :

— Et puis, je connais au moins deux très belles jeunes filles que je te ferai rencontrer.

Macaire se demanda comment son visage trop émacié et son corps si maigre pourraient attirer une femme. Plus tard, il se repentit d'avoir osé y penser.

Le boulanger insistait :

— A quoi ça t'avancera, de disparaître dans le désert ? Pour y rejoindre de vieux fous qui ont deux fois l'âge d'être ton père ! Laissez le désert aux chacals et aux chats sauvages...

Macaire se tut. L'autre continua :

— Je suis vieux, je ne voudrais pas qu'après ma mort on détruise mes fours. Je n'ai jamais volé ni menti à personne. Ce sont les dieux qui t'ont fait venir jusqu'ici.

Tous ces arguments impressionnaient Macaire. Le signe prédit par Patermouthios, n'était-ce pas cette rencontre ? Le fait que le vieillard m'ait chassé, se dit-il, signifiait sans doute que je ne mérite pas d'être moine. S'obstiner comme je fais, n'est-ce pas commettre un péché d'orgueil ?

Après tout, il valait mieux être un bon boulanger qu'un mauvais moine. Macaire réfléchit, ou plutôt il ne réfléchit pas : il préférait devenir moine. Quand il était gosse, un de ses nombreux oncles était boulanger, et de surcroît le personnage le plus sinistre de la famille.

Ce jour-là, après avoir coupé du bois de boulange et distribué les pains coniques et les galettes au miel dans le village, Macaire ne rentra pas tout de suite, comme il en avait l'habitude, pour donner l'argent. Il offrit la part qui lui revenait à un mendiant qui la lui demanda. Le geste lui fit du bien, c'était un geste de moine. Ensuite il s'assit à l'ombre d'un acacia. Il se concentra et se rappela l'émotion qui l'avait paralysé quand il avait entendu pour la première fois les récits de l'Évangile. Il murmura les phrases : « *Quelqu'un s'approcha de Jésus et lui dit : Maître, j'ai décidé d'aller avec toi partout où tu iras. Jésus répondit : Le renard a une tanière, l'oiseau un nid, mais le Fils de l'homme n'a rien où reposer sa tête. Quelqu'un d'autre lui dit : Moi aussi, Maître, je vais te suivre. Laisse-moi d'abord enterrer mon père. A celui-là, Jésus répondit : Viens avec moi maintenant, laisse les morts enterrer les morts.* »

Macaire se redressa. Il exultait. Il voulait repartir sur-le-champ. Il était fait pour vivre au désert. Jésus lui-même y avait été emmené par l'Esprit pour s'y mesurer avec le diable après un jeûne de quarante jours et quarante nuits.

Combien de fois Macaire n'avait-il pas écouté Patermouthios qui lui racontait la fuite en Égypte ou l'entrée de Jésus à Jérusalem. Il courut chez le boulanger et annonça qu'il partait. On réussit à le convaincre de rester jusqu'au lendemain : du travail l'attendait. Il eut envie de répondre que l'homme ne vivait pas seulement de pain, mais il craignit de se faire rabrouer.

Il se réveilla avant les autres, à l'heure où le Christ, ayant vaincu la mort, était sorti du tombeau.

Le boulanger n'accepta pas facilement son départ et se moqua de lui jusqu'à la fin, le traitant d'exalté, lui souhaitant bon courage parmi les tombes, les fantômes et les démons.

— De quoi vas-tu te nourrir ? s'inquiéta-t-il. Ici tu mangeras du poisson tant que tu voudras. On boirait ensemble mon délicieux vin noir...

Macaire ne voulut rien entendre. Le boulanger finit par lui remettre des gâteaux, de la farine, du miel, des queues et des pieds de porc, des pierres pour allumer le feu et une outre d'eau. A peine sorti du village, Macaire laissa le tout à une vieille femme assoupie sous un sycomore : à moitié réveillée, elle ne comprenait pas ce qui lui arrivait. Il ne garda que l'eau. « Dieu subviendra à mes besoins », pensa-t-il.

La chaleur devint insoutenable. Macaire avançait péniblement. Les mouches étaient sans force : rien qu'en aspirant l'air, il en avala une. Il n'y avait pas un brin de vent.

Il traversa un hameau où il ne rencontra personne. Dans une des maisons, un flûtiste s'exerçait. Un mur en ruine répercutait la musique triste et séduisante. A Coptos, les garçons amoureux jouaient des airs semblables, au son grave, dans la nuit, parce qu'ils ne trouvaient pas le sommeil. Ils espéraient ensorceler une jeune fille. Macaire avait essayé, lui aussi, de jouer de la flûte, le plus mélodieux des instruments. Son père n'avait pas voulu.

Il s'était arrêté et écoutait. Les plaintes du petit instrument en roseau le captivaient. Il se demanda pourquoi il partait pour le désert.

Ses pieds calleux et noirs écrasèrent un plant de menthe. Son premier réflexe fut de se baisser pour prendre des feuilles, les froisser et les porter à ses narines. Il se maîtrisa. Si Jésus avait exigé du jeune homme riche qu'il vende tous ses biens avant de le suivre, lui aussi, Macaire, pauvre et fils de pauvre, devait renoncer aux richesses que sont les odeurs et tout ce qui plaît aux oreilles, à la bouche et aux yeux.

Dans une autre maison, on grillait des oiseaux et des galettes de maïs. Macaire se dépêcha de fuir ces odeurs qui ouvraient l'estomac.

Enfin il aperçut le désert et se sentit heureux. Il se laissa aveugler par la lumière. Devant lui s'étendait une plaine caillouteuse qui l'enthousiasma. A l'horizon, des montagnes couvertes de roches détritiques lui rappelèrent celles où il s'était aventuré autrefois, lorsqu'il violait des sépultures. Il n'y avait plus un seul arbre. Il se souvint que quand on revient du désert et qu'on voit de nouveau des arbres, on est frappé par leur vulgarité. Ces excroissances végétales gênent ceux qui se sont mesurés à un infini de pierre et de sable. Il s'avança allègrement. Il se demanda s'il aurait rejoint le soir même les premiers rochers érodés qu'il distinguait en plissant les yeux, et s'il trouverait un hypogée où s'abriter.

Certains de ces hypogées étaient à présent habités par des moines, et à cette pensée il exulta : « C'est là que je vais, se dit-il, c'est là que je vais ! » Ces moines seraient-ils aussi saints que les ermites retirés dans le Sud du pays, plus bas que Panopolis, et dont on disait qu'ils ressuscitaient les morts et marchaient sur les eaux ? Peut-être pas. Ce serait trop beau, pensa Macaire. Pourquoi mériterais-je de rencontrer d'emblée les meilleurs ?

Les hypogées, il le savait bien, puaient. Depuis toujours, les chauves-souris y amoncelaient leurs déjections. Il résolut de ne pas nettoyer le lieu où il se tiendrait.

— D'autres magnifient Dieu en jouant de la flûte, mais Dieu qui a tout créé sur cette terre me saura gré de justifier aussi les excréments.

Il songea à son père qui lui disait que la bonne peinture n'est qu'une copie des perfections de Dieu. Son père était la première personne à lui avoir parlé de l'existence de Dieu. A la maison, il tissait et coloriait des châles et des tentures, décorait des meubles, des stèles funéraires et aussi des cercueils. Il s'absentait parfois et allait peindre des motifs géométriques sur les murs, dans les maisons des riches. Macaire l'avait souvent aidé à faire fondre ses cires colorées. Il aimait les regarder refroidir. Il admirait son père qui les travaillait au couteau. Des formes surgissaient, grappes de raisins ou croix ansées, dauphins, visages blêmes aux yeux grands ouverts.

Mélangée à des essences gluantes, la cire à

froid prenait la consistance d'un onguent qui, alors, rebutait Macaire. Tout ce qui concernait l'encaustique symbolisa à ses yeux le monde adulte, où le dur et le mou, le solide et le liquide devenaient équivalents, où les instruments rébarbatifs, les odeurs infectes, contribuaient paradoxalement à la beauté du monde, c'est-à-dire au travail de son père.

Vers le soir, comme des nuages se regroupaient au-dessus de lui, il espéra de la pluie. Il n'avait rien bu pendant la journée et s'imaginait que sa langue était en train de grossir dans sa bouche. Il avait même eu envie de vider son outre d'eau sur le sable, par esprit de sacrifice. En réfléchissant, il avait admis que l'orgueil seul lui suggérait cette idée : il aurait été fier d'exhiber l'outre vide devant les moines, ou de la jeter et d'arriver les mains vides. Pour se mortifier, il renonça à boire. Un peu de pluie le rafraîchirait sans qu'il l'ait voulu.

Insensiblement, les nuages devenaient mauves. Macaire connaissait bien le phénomène que cette couleur annonçait. Quand les nuages crèveraient, la pluie n'aurait pas le temps d'arriver jusqu'au sol : elle se transformerait en vapeur dès qu'elle entrerait en contact avec l'air surchauffé, et c'est ce qui se passa.

Il arriva en pleine nuit au pied des montagnes. Il se nourrit d'herbes crues et but un bon tiers de son eau. Les moines ne devaient plus être très loin. Il préférait ne pas arriver chez eux à cette heure-là, et mal à propos. Il les trouverait en prière et n'ayant pas l'esprit à le recevoir. Au surplus, par cette nuit sans lune, il les effraierait peut-être. Il préféra dormir sur place et se mit en quête d'un rocher plat qui ne soit pas exposé aux premiers rayons du soleil le lendemain matin. Il aurait dû prier toute la nuit : il abandonna ce projet avec soulagement.

Un soleil déjà très haut le tira de sa torpeur. Il avait mal dormi, réveillé sans arrêt jusqu'à l'aube, engourdi de froid, rêvant qu'il étouffait. Il se sentait abattu et de mauvaise humeur. Il avait aussi rêvé de son père. Celui-ci lui étendait de la cire sur tout le corps, une cire épaisse et noirâtre comme celle que Macaire l'avait vu utiliser quand on lui commandait une image du dieu des morts Anubis. A la fin du rêve, ou était-ce au début, son père lui avait parlé. « De toute ta force, lui avait-il dit, souviens-toi du moment où tu sortiras de ton corps pour te présenter devant Dieu. Souviens-toi comme si cela t'était déjà arrivé. »

Macaire frissonna. Il tâta ses chevilles et ses jambes, moins enflées que la veille. Mécontent d'avoir toujours des rêves si angoissants, pourquoi, se demanda-t-il, n'ai-je jamais des visions d'anges merveilleusement vêtus qui se pencheraient sur moi et me caresseraient de leurs longs cheveux d'or avant de me mettre en présence de Dieu ?

Il avait hâte de devenir un saint. Le reste ne l'intéressait pas. Il découvrit une espèce de sentier qui grimpait dur. Il arriva hors d'haleine en vue des premiers ermitages. Il fut surpris de trouver quatre ou cinq masures bâties à l'écart, faites de briques sèches, et sans fenêtre. Les toits horizontaux n'atteignaient pas la hauteur d'un homme, et dépassaient de très peu une hauteur d'appui.

Tout autour s'élevaient des palmiers rabougris. La présence de touffes d'herbe presque verte laissait supposer qu'on avait creusé un puits.

Macaire fut encore plus surpris en constatant que chaque porte était fermée de l'intérieur. Il frappa et personne ne répondit. Il aperçut, béants, deux tombeaux souterrains, semblables à ceux qu'il avait pillés naguère.

Il aurait voulu crier, appeler quelqu'un, mais qu'aurait-il dit, quel nom, quelle phrase ? Il s'engouffra dans un des hypogées, qui empestait. Il toussa dans la pénombre. Un gros lézard fila sous ses pieds. Un lézard ou peut-être un démon, pensa-t-il, car ce lézard lui avait paru plus gros que la normale, et bleu pâle. Du reste, avait-il vraiment entrevu un lézard ? N'était-il pas la victime d'une illusion pure et simple ?

Il courut dehors : les masures étaient encore là, mangées par la lumière.

Il tambourina contre la porte la plus proche, et des éclats de bois s'enfoncèrent dans sa paume. Il était en train d'enlever ces échardes lorsque la porte s'entrebâilla et qu'un vieillard voûté dont la tête disparaissait sous un large capuchon lui dit :

— Tu n'arrives même pas à t'arracher les bouts de bois qui ont pénétré sous ta peau et tu voudrais extirper les péchés de ton âme !

La porte fut refermée avant que Macaire ait eu le temps de comprendre ce qui s'était passé.

Il resta longtemps immobile, gardant le silence. Derrière lui, du gravier dégringola. Quelqu'un marchait, c'était sûr. On l'observait. Peut-être allait-on lui parler ? « Toujours l'orgueil, pensa-t-il. Comme si je les intéressais ! » Il se raidit mais il eut beau tendre l'oreille, il n'entendit plus rien que le vent qui continuait de souffler, et des bruits secs et intermittents qui venaient des arbres.

Faute de mieux, il pria. A la tombée du jour, il alla récupérer son outre qu'il avait dissimulée sous un arbuste, en arrivant. Le lendemain, il frappa de nouveau à chacune des portes. Il avait dormi. Il eut l'impression que les moines, eux, étaient sortis pendant la nuit. Ils n'ouvrirent pas.

Trois jours et trois nuits passèrent. Les moines ne semblaient pas accepter qu'un importun vienne troubler leur vie recluse.

A l'aube du quatrième jour pourtant, Macaire fut réveillé à coups de pied par un moine. Confus, il se releva et recula mais le vieillard le frappa à coups redoublés. Macaire prononça tout haut :

— Seigneur, ayez pitié de moi.

Le vieillard répliqua :

— Est-ce qu'on t'interroge ? Alors, tais-toi.

Et rentrant dans sa cellule, il laissa Macaire planté là, les bras en croix.

Sans se décourager, à la même heure que les jours précédents, et avec davantage de modestie, il frappa aux portes. Il entendit une voix aigre :

— Pourquoi insistes-tu ? Tu vois bien que tu n'as rien à faire ici.

Très embarrassé, il dit :

— Prenez-moi avec vous.

L'autre, derrière sa porte, lui fit répéter quatre fois la phrase et ne réagit pas, si bien que Macaire se demanda si le vieillard l'avait oublié ou s'il avait renoncé à répondre. Il attendit. Au bout d'une heure, il entendit le vieillard murmurer :

— La vie que tu voudrais mener n'est pas n'importe quelle vie. Beaucoup sont venus jusqu'ici, prenant le même chemin que toi, un chemin facile, un chemin qui n'est fait que de terre et de pierre. Ils sont partis. Ils n'ont pas pu supporter... Toi aussi tu repartiras. Autant que tu repartes tout de suite.

« Il veut m'éprouver », pensa Macaire.

Le vieillard avait dit aussi :

— Et puis, tu dors trop.

Macaire l'avait entendu s'éloigner vers le fond de sa cellule, où il avait sans doute aménagé un oratoire.

La nuit, Macaire ne dormit pas. Il pria avec une ferveur nouvelle. Il calculait : si les moines sortent la nuit et m'aperçoivent, ils seront édifiés et me diront de rester. Les moines ne sortirent pas du tout cette nuit-là. Il fut déçu. Il lui sembla qu'un démon était venu se mettre à ses côtés, imitant sa posture. Il aurait voulu tourner la tête, pour vérifier. Par crainte de voir le démon en face, ou pour ne pas connaître une deuxième déception en constatant qu'il n'y avait même pas de démon, il ferma les yeux, courbant aussi la nuque. Il n'était pas capable de prier continûment. Il se souvint d'une mise en garde de Patermouthios : « Si tu le veux, tu peux devenir comme le Christ, du matin au soir, — et si tu le veux, car cela aussi tu le voudras, du matin au soir, tu peux devenir comme le démon. »

Il laissa vaguer son imagination. Il revit les animaux de basse-cour dont il s'était occupé dans son enfance. En compagnie de sa sœur, celle qu'il préférait aux deux autres, il passait le plus clair de son temps au bord d'un lac, à courir dans les roseaux, les pieds dans la boue. Ils attrapaient des canetons et des canardeaux sauvages et les rapportaient à la maison pour les apprivoiser. Il fallait les protéger des canards domestiques, plus âgés, qui attaquaient les intrus. Une poule parfois adoptait les canetons et les promenait derrière elle, en rangs serrés. Elle les abandonnait à toute vitesse dès qu'il y avait du danger. Macaire méprisait les poules. Du reste, ce n'étaient pas des oiseaux égyptiens : elles étaient venues avec les Grecs. Un des derniers pharaons, un de ceux qui avaient abâtardi l'Égypte, s'était pâmé d'admiration devant ces volatiles parce qu'ils pondaient tous les jours !

Macaire s'amusait à les apeurer, le matin très tôt, quand tout le monde dormait encore. Il les acculait dans un renfoncement, s'emparait de la poule la plus effrayée et la jetait en l'air, ou bien la lançait sur les autres. Les oies, réveillées, criaillaient. Il se dépêchait de rejoindre son grabat.

A quatorze ans, il s'était beaucoup intéressé aux cheveux de sa sœur. Il voulait tout le temps les toucher et elle ne voulait pas. Macaire appelait sa sœur « l'amie du crocodile », parce qu'elle travaillait avec une blanchisseuse et nettoyait le linge au bord du fleuve. Elle aimait les oiseaux gris qui, pour se nourrir, n'hésitaient pas à picorer dans la gueule ouverte des crocodiles. Elle lui parlait toujours en le regardant bien dans les yeux. Elle aimait la couleur des yeux de son frère aîné. Ils étaient bleus, ils brillaient. Elle le lui avait dit, un jour, mais beaucoup plus tard qu'à l'époque où il se moquait d'elle en criant quand elle rentrait : « Ah ! Voilà l'amie des crocodiles ! »

Macaire se rappela tout à coup que les moines ne savaient rien de son séjour chez Patermouthios. Sinon, ils ne lui feraient pas le même accueil. Pourtant, il lui faudrait rester muet comme un poisson : il avait promis à Patermouthios de ne jamais parler du temps qu'il avait passé près de lui.

Patermouthios savait qu'il était connu. Il avait dû fuir à plusieurs reprises les cellules qu'il s'était construites. Trop de gens, séculiers, frères, moines et prêtres, venaient le solliciter. Il avait même changé de nom. Un évêque avait voulu le convaincre de devenir prêtre, pour qu'il puisse consacrer le pain et le vin. La nuit même, Patermouthios, qui se jugeait tout à fait indigne, s'était enfui à toutes jambes. C'est peu de temps après qu'il avait rencontré Macaire et l'avait accueilli par humilité. Il prenait toujours son maigre repas en marchant. Macaire lui avait demandé pourquoi : « La nourriture ne mérite pas qu'on lui fasse l'honneur d'une pause. Je la traite comme une chose sans intérêt. Il ne faut pas que l'âme aille s'imaginer que le corps éprouve du plaisir en mangeant. »

Macaire voulut repenser au saint vieillard. Ils avaient vécu longtemps ensemble, finalement. Patermouthios était bossu, noir, brusque, le visage mangé par une barbe qu'il salissait exprès, y introduisant de la vermine. Ses yeux, minuscules, semblaient percés en vrille. Sa peau avait la couleur du bois sec. Il portait une tunique usée jusqu'à la corde. Il en prenait grand soin. Macaire, lui, était vêtu de deux peaux de chèvres cousues ensemble. Dans sa cellule, Patermouthios gardait une jarre pleine d'huile dans laquelle il avait fait mourir des scorpions :

— Chacun de ces scorpions, disait-il, représente une tentation que j'ai surmontée. Tu vois qu'ils ne sont pas nombreux.

Macaire s'était penché : les scorpions morts foisonnaient dans l'huile. Elle dégageait une odeur urineuse.

Le soleil apparut. Macaire se rendit compte qu'il n'avait pas beaucoup prié, et prononça à mi-voix les mots : « Seigneur, hâte-toi de me venir en aide », c'était le début de son psaume préféré. Il regarda le soleil rose : « Seigneur, ta gloire apparaît. »

« Pisse n'importe où », lui avait dit Patermouthios. « Il ne faut pas interrompre ta prière pour ça. » Macaire pissa, les bras en croix, face aux moines, qui, de toute façon, de si loin, ne pouvaient rien voir. Des scarabées s'affairèrent à ses pieds.

— Quand j'étais dans le ventre de ma mère, tu étais déjà mon Dieu. Ne romps pas avec moi quand personne ne vient à mon secours ! Ma langue est collée à mon palais...

La récitation du psaume lui fit du bien. Il ne se souvenait plus de la suite, avec des chiens et des taureaux.

Il regarda encore le soleil. Le soleil ressemblait à Dieu. Il ressemblait à une boule de cire fondue, plutôt, osa-t-il se dire. Le soleil avait une jolie couleur : « Mon père s'en serait servi, de cette couleur. »

— Le soleil est la lumière de Dieu, disait Patermouthios. Dieu éclaire le monde pour nous permettre de contempler sa gloire, parce qu'il sait que nous sommes faibles. Dieu est la lumière, et la lumière n'a pas besoin d'être éclairée. Quand tu comprendras ce mystère, tu n'auras plus besoin du soleil, tu penseras qu'il n'éclaire rien qui vaille.

— Explique-moi mieux, avait dit Macaire.

Patermouthios répondait toujours la même chose : « Je te l'expliquerai quand je serai mort. »

Macaire ramena ses bras le long du corps. Il crut qu'on lui enfonçait des pointes dans les épaules. La douleur irradiait dans tout son dos. Le soleil ressemblait à présent à un glaive.

Macaire alla frapper aux portes des moines.

Depuis combien de jours était-il arrivé auprès d'eux ? « A quoi bon mesurer le temps ? Dieu s'en moque. L'oubli et la mémoire, c'est la même chose », se dit-il. Des oiseaux volaient à petits coups d'ailes autour des palmiers dattiers. Ils se nourrissaient en cachette, comme s'ils pressentaient qu'un moine allait sortir et les disperser.

Macaire frappa. On bougea de l'autre côté. La porte fut entrouverte. Un vieillard qu'il n'avait pas encore vu, le toisa.

Immédiatement, Macaire lui dit :

— J'ai commis un très grand péché. Je veux passer toute ma vie à me repentir.

— Toute ta vie ! C'est démesuré.

— Ne faut-il pas se repentir ?

— Pour un seul péché ?

— Alors, pour ce péché, je me repentirai pendant dix ans.

— Dix ans. C'est démesuré.

— Et pendant trois ans ?

Le moine répéta : « C'est démesuré. »

Ils se turent. Macaire écouta le piaillement des oiseaux. Le moine reprit :

— Moi je te dis que si tu te repens de toutes tes forces, Dieu te pardonnera même en un jour.

Il était aussi grand que Macaire, qui ne put

soutenir son regard et baissa les yeux. Le moine s'approcha. Macaire s'agenouilla instinctivement, s'attendant à une bénédiction, mais le vieillard lui cracha sur le crâne et rentra dans sa cellule.

IV

Cinq moines vivaient dans cet endroit. Ce fut le cinquième, Abba Cronios, qui accepta de prendre Macaire en charge. Il lui interdit de pénétrer dans les cellules et lui ordonna de se prosterner, couché par terre, les mains sur la tête, chaque fois qu'un des moines viendrait à passer devant lui. Il lui indiqua un tronc d'arbre auquel il pourrait s'adosser pour prendre du repos.

— Si je te vois t'adosser au roc pour dormir, ajouta-t-il, je te chasse.

Chaque fois que Macaire se prosternait devant les moines, ils lui crachaient dessus, à l'exception du vieillard qui lui avait parlé en premier : celui-là ne sortait jamais.

C'est parce que je suis jeune, se dit Macaire. Ils veulent me faire comprendre que... Comme si je n'avais pas déjà compris. Non. Ils savent que j'ai compris. Ils doivent vouloir que je ne comprenne plus rien.

Macaire raconta qu'il avait travaillé chez un boulanger. On lui fit faire le pain. Il en déposa deux devant chaque cellule. Abba Cronios vint les lui rapporter tous, sauf celui dans lequel il avait mordu, qu'il abandonna aux oiseaux.

— Tes pains m'ont l'air délicieux. Il n'est pas question que nous prenions plaisir à les manger. Je te les rends, tu les mangeras toi-même quand ils seront rassis. Dorénavant, mêles-y de la cendre.

Abba Cronios déposa alors les pains aux pieds de Macaire et lui dit en même temps : « Pardonne-moi. » Il se mit à genoux. Macaire, confus, aurait voulu lui dire de se relever mais resta muet. Le front contre le sol, la bouche dans le sable et la poussière, Abba Cronios murmura :

— Il est bon de s'humilier et de dire « Pardonne-moi ». Cela conduit vers la perfection.

Il y eut un long silence, troublé par des insectes bourdonnants. Abba Cronios se leva :

— Dis-moi une parole, demanda-t-il.

Intimidé, Macaire choisit de se pincer les lèvres en guise de réponse, d'autant qu'il ne savait pas que dire.

Abba Cronios reprit pour s'adresser à Macaire le ton railleur qu'il affectionnait :
— Tu as réussi à garder le silence. Ne va pas t'imaginer qu'il y a de quoi être fier. Dis-toi plutôt que tu n'es pas digne de parler.

Macaire s'agenouilla. Qui accepte avec patience le mépris et les insultes, songea-t-il, a des chances d'être sauvé. Patermouthios le lui avait appris.

Il ne bougea pas jusqu'au soir, moment où sa tâche consistait à approvisionner les vieillards.

Macaire désirait ardemment revoir le moine qui lui avait ouvert sa porte le premier. Ce soir-là, il s'assit devant la cabane, espérant que le moine, quand il ouvrirait pour prendre la nourriture, le verrait et lui parlerait.

Pendant que la nuit tombait, il observa la porte. Elle était faite de trois larges planches dans un sens, de deux plus petites dans l'autre, en haut et en bas, afin de tenir le tout ensemble. « N'importe quoi, se rappela-t-il, peut servir de support à la méditation. Ce qui compte n'est pas ce que je regarde. »

Des rayons de lumière filtrèrent sous la porte. Le moine avait-il allumé une lampe à huile ? La lumière était trop forte pour provenir d'une simple mèche. Macaire avait entendu dire que les cellules de certains vieillards devenaient lumineuses la nuit par une grâce que Dieu leur accordait. La lumière ne vacillait pas. Elle ne provenait donc pas d'une lampe. Ce vieillard devait être un saint.

Macaire écarquilla les yeux. Il faisait noir à présent. De quel bois était faite la porte de cette cellule ? Sycomore ? Acacia ? Son père le lui aurait dit tout de suite. Il avait le coup d'œil. Macaire, lui, rêvassait. Il vit mille images de son père à la fois, heureux, fâché, inquiet, malade, détendu.

Impossible de méditer : « Mon esprit gambade comme un vieux singe », se dit-il. Son père connaissait les mots. S'il avait vu cette porte, il lui aurait dit « penture », « paumelle ». Quand il appliquait la cire, comment s'appelait l'instrument ? Verricule. Un autre couteau, plus petit : cestre.

Un frère de Macaire, avant que leurs parents, qui n'arrivaient pas à les nourrir, ne les vendent tous les deux, sciait des planches et les clouait : le même métier que saint Joseph.

La porte s'ouvrit. Le vieillard parut. Le visage dissimulé sous un capuchon, il s'adressa à Macaire :

— Que me veux-tu ? Tu restes dans le noir

comme un voleur. Il ne faut pas se parler dans le noir.

Macaire entendit la porte se refermer.

D'un seul coup il se mit à douter et accusa les démons. Ceux-ci lui répondirent : « Jusqu'à présent nous te négligions parce que tu te négligeais toi-même. » C'était la première fois que Macaire entendait les démons lui parler. Il n'avait rien mangé depuis longtemps.

Le lendemain, il alla trouver Abba Cronios qui ramassait des palmes pour tresser une corbeille :

— Abba, parle-moi afin que je t'écoute et puisse être sauvé.

Abba Cronios avait interdit à Macaire de prier et de travailler. En abandonnant son disciple à lui-même, il espérait le décourager. Il se réjouit de le voir encore là, mais n'en laissa rien paraître.

Il demanda :

— Tu sais où se trouve le cimetière ?

— A cinq ou six heures de marche d'ici, je l'ai aperçu en venant, et je l'ai évité.

— Va là-bas, tiens-toi devant les tombes, et injurie les morts. Jette-leur des pierres. Piétine tout.

Macaire but quelques gorgées de l'eau saumâtre du puits, glissa un pain dans sa tunique et se dirigea vers la plaine.

Il saccagea le cimetière, inventa des insultes. Il regretta de ne pas savoir lire les noms inscrits sur les tombes. Il les aurait mêlés à ses sarcasmes. Il arracha des pierres au mur d'enceinte et les dispersa autour des tombes. Avec un caillou pointu, il gratta certaines inscriptions tracées sur de l'albâtre calcaire. Il sua sang et eau. Il ne se maîtrisait plus. Il s'écorcha les mains en essayant de trouver des ossements. Les tombes n'étaient pas profondes à cause de la dureté du sol.

Les ombres s'allongèrent. Il s'affola. Il ne serait pas rentré avant la nuit. Il souleva une dernière pierre, qu'il lança de toutes ses forces contre une colonne à l'entrée du cimetière.

Dans le ciel, quatre traits noirs se précisèrent : des busards, leurs longues ailes déployées, surveillaient de loin cette proie possible qui se démenait.

Macaire avait insulté soixante-douze morts. Il s'immobilisa pour reprendre son souffle avant de rentrer. Il s'était cassé la voix. Il quitta le cimetière, où il avait vu fuir quelques aspics.

Il dormit comme une souche. Il avait eu peur dans la montagne, ayant sans cesse l'impression d'être suivi. Il chercha Abba Cronios, pour tout lui raconter. En présence du vieillard, il se souvint qu'il valait mieux ne pas parler avant d'être interrogé.

— Alors, les morts t'ont-ils dit quelque chose ? Ont-ils réagi ?

Macaire secoua la tête.

— Eh bien, poursuivit l'abba, tu vas y retourner aujourd'hui et tu les couvriras de louanges.

Macaire eut un mouvement de mauvaise humeur :

— Mais, hier, ça a servi à quoi ?

— Tu es incapable d'obéir aveuglément ! Tu fais penser à une maison qui a une belle façade mais que des voleurs sont en train de dévaliser.

Macaire retourna au cimetière et s'inclina soixante-douze fois, disant : « Louange à vous, ô bienheureux, ô vénérables, vous autres, saints et justes ! » Il remit les pierres à la place où il les avait prises et regretta de ne pas savoir écrire, afin de refaire les épitaphes qu'il avait détériorées.

Il faillit s'évanouir plusieurs fois en rentrant. Il tombait tout le temps. Le soleil lui transperçait la tête.

Il guetta le moment où Abba Cronios sortirait de sa cellule. Il appréhendait de devoir aller une troisième fois au cimetière.

— As-tu glorifié les morts ?

— A chacun, j'ai dit : « Louange à vous, ô bienheureux, ô vénérables. »

— Ont-ils réagi ? T'ont-ils répondu quelque chose ?

— Ils ont gardé le silence.

— Tu te souviens des injures dont tu les as accablés, sans que cela les émeuve le moins du monde. Tu leur as aussi prodigué des louanges, comme ils n'en ont peut-être jamais entendues pendant leur vie, et ils ne t'ont rien dit. Toi, fais comme eux. Ne compte pour rien les outrages ou les louanges des hommes. Efforce-toi de devenir comme un mort, et tu seras sauvé.

Il se tut. Macaire, fasciné, aurait voulu lui embrasser les lèvres, mais renonça cependant à son témoignage spontané : Patermouthios lui avait dit de ne jamais se montrer familier avec les saints vieillards, ni de les voir trop souvent. De la désinvolture en résultait forcément, et le disciple finissait par s'imaginer qu'il pouvait traiter d'égal à égal avec l'ancien.

— Je vais te parler de lui, reprit Abba Cronios, en désignant la cellule du premier vieillard qui avait ouvert sa porte à Macaire.

Nous l'appelons Abba Kômaï. Quand tu es arrivé ici, nous sommes allés lui demander s'il fallait t'accueillir ou non. D'abord, il ne nous a pas répondu. Au moment où nous le quittions, édifiés par son silence, il nous a dit : « Je ne peux pas me mêler de cette affaire, je suis mort, un mort ne parle pas. »

Abba Cronios permit ensuite à Macaire de ne plus dormir à la belle étoile et lui désigna un hypogée, où les chauves-souris et les arthropodes lui tiendraient compagnie. Il lui enseigna des rudiments de vannerie, dont la connaissance suffirait à tresser les corbeilles que les moines vendaient à un marchand qui passait les prendre à chaque nouvelle lune. En échange, il leur apportait de la farine et des olives.

Macaire fit semblant de n'avoir jamais tressé une corbeille de sa vie et se laissa tout expliquer deux fois de suite.

Ensuite, il se sentit heureux. Il n'était plus responsable de rien devant personne, sauf de lui-même devant son Créateur. Abba Cronios lui avait dit de prier et de travailler, ce qui était loin de satisfaire Macaire : il trouvait cette vie trop simple.

— Que dois-je faire pour être sauvé ? demandait-il presque chaque jour à Abba

Cronios, lequel tressant sa corbeille, ne levait même pas les yeux et répondait invariablement : « Fais des corbeilles. »

Quand Macaire eut terminé dix corbeilles, il vint les déposer devant la cellule d'Abba Cronios et attendit. Dès que l'ancien ouvrit sa porte, il demanda de nouveau :

— Que dois-je faire pour être sauvé ?
— Persuade-toi que tu es mort depuis longtemps.

V

Abba Cronios ordonna à Macaire de ne plus parler pendant deux ans. « Je ne veux pas, lui avait-il dit lors de leur dernière conversation, que tu prennes l'habitude de discuter. Tu veux me parler ou me faire parler de Dieu au lieu de parler à Dieu. La parole amoindrit et dégrade tes pouvoirs spirituels. Laisse pousser tes cheveux, ne t'occupe pas de ta barbe, ces occupations ne pourront que te distraire et interrompre ton dialogue avec Dieu. Ne pense pas à manger, n'aie pas l'idée de laver ta tunique. Ton vêtement et tout ce que tu pourrais posséder doivent être dans un état tel qu'aucun voleur n'en voudrait. »

— Je sais ce que tu penses, avait-il ajouté. Tu crois que je te fais perdre ton temps en te donnant des conseils que tu appliques déjà et que tu as entendus cent fois. Ressasse-les encore. Et prie. N'oublie jamais de prier !

Macaire s'énerva :

— Mais je prie ! Les bras en croix, tous les jours, debout, sans faire attention à la fatigue.

— Si tu pries seulement quand tu crois que tu pries, alors tu ne pries jamais. Prie sans cesse. Macaire, écoute-moi bien : quand je te dis de prier sans cesse, ne t'occupe pas du mot « prier », c'est « sans cesse » qui a de l'importance.

Macaire, prêt à s'enfermer dans ce silence de deux ans que lui prescrivait l'ancien, fit ce que les moines appelaient une métanie : il se prosterna, montrant par là qu'il se repentait de ses fautes, vénérait son maître et se préparait à la mort.

Abba Cronios ne le laissa pas partir avant de l'édifier par un dernier récit :

— Un homme dans la force de l'âge est venu un jour ici, tenant par la main son fils âgé de douze ans. Il souhaitait connaître Abba Kômaï. A notre grand étonnement, celui-ci accepta de les recevoir. Mais le jeune garçon, qui était arrivé très malade, mourut. Son père le prit dans ses bras et entra paisiblement dans la cellule, qui était très sombre. Il déposa son fils sur le sol et s'allongea à côté de lui. Abba Kômaï les bénit. Le père se remit debout, abandonnant l'adolescent aux pieds de l'ancien, et quitta la cellule. Abba Kômaï, perdu dans la prière, mit du temps à s'apercevoir de la présence du gamin. Il crut que celui-ci priait encore et lui dit avec bienveillance : « Lève-toi, maintenant. Tu peux t'en aller. » Il ignorait que l'enfant était mort. L'enfant se leva immédiatement et sortit en nous demandant où était son père. Le père rentra dans la cellule et baisa les pieds et les lèvres de l'abba. Il lui raconta ce qui venait d'arriver. Abba Kômaï se fâcha : il n'avait pas voulu accomplir ce miracle. Il fit promettre au père de ne le raconter à personne quand il retournerait dans son village. L'enfant, lui, ne s'était rendu compte de rien. Il s'amusait à poursuivre des sauterelles.

Macaire repensa plusieurs fois par jour à cette histoire. Elle lui fournissait un bon thème de méditation. Abba Cronios lui avait aussi donné quelques planches pour qu'il installe une porte à l'entrée de l'hypogée qui en était dépourvu. Les planches ne suffirent pas. Avec de la terre mélangée à de l'herbe sèche, il fit des briques et mura une partie de l'entrée. Les briques n'avaient pas l'allure de celles que son père laissait sécher dans des moules de bois, et qui étaient lourdes parce qu'il les préparait avec le meilleur limon du Nil. Pendant qu'il élevait son pan de mur, Macaire songea à murer toute l'entrée : il ne ménagerait qu'un trou pour qu'on lui passe sa nourriture et deviendrait ainsi un vrai ermite. Il n'avait pas prévu assez de briques. Il revint à sa première idée, qui était simplement de mettre une porte et de boucher l'espace qui restait. Plus tard, le mur s'écroula. Il avait été très mal construit, avec du mauvais matériau.

Macaire ne s'était jamais aventuré jusqu'au fond du vieux tombeau dont il n'occupait qu'une partie de la première salle. Il n'avait pas envie d'aller voir plus loin. Il devinait un long boyau tout noir. Les chauves-souris y nichaient. Il les entendait couiner au fond, comme des bébés qui s'étouffent sans se rendre compte qu'ils sont en train de mourir. Elles en appelaient d'autres, qui les rejoignaient et s'affolaient de trouver Macaire sur leur chemin. Elles tournaient autour de lui comme pour l'emprisonner dans des cordelettes invisibles et soyeuses. Quand il priait, elles se suspendaient à ses bras tendus. Le bruissement de leurs ailes l'exaspérait, ces frôlements douceâtres, écœurants, ces ailes aussi longues que des jambes d'homme. « Depuis que je me suis enfermé dans le noir, pensa-t-il, le démon ne peut plus me tenter par la vue, ni par l'odorat puisque je suis entouré d'excréments. Il me tente par l'ouïe. » Les ailes des chauves-souris lui rappelaient des froissements d'étoffes, des mains qui se séparent, des respirations entrecoupées. « Le démon est-il capable de se déguiser en chauve-souris ? Qu'en dit Abba Cronios ? Dans deux ans je le saurai moi-même. »

Quand Macaire décida d'explorer, sinon le fond, du moins quelques mètres dans cette direction-là, il se cogna très fort la tête contre le plafond qui s'abaissait brusquement. Il eut le sentiment que quelqu'un l'avait saisi par la nuque et projeté contre la pierre, et accusa un démon. La douleur fut si vive qu'il ne parvint pas à prier ni à se concentrer sur un psaume. Il porta la main à son front et comprit qu'il saignait. Il lécha sa paume et mélangea le sang à la salive avant de l'avaler. Le goût lui plut. Il avait du sang plein les sourcils, sur le nez, dans les yeux. Sa moustache, sa barbe s'imprégnèrent à leur tour. Il dut s'asseoir. Il pensa que son cœur s'était déplacé et battait maintenant sous son crâne. Il se toucha les cuisses, les hanches. « La douleur, pensa-t-il, c'est ce que je mérite. » Il n'avait pas envie de mourir. Ses péchés étaient loin d'être pardonnés. La panique lui étreignit le corps jusqu'à la nausée. A quatre pattes, il vomit. « Je ne veux pas mourir dans le noir. » Par terre, avec sa main, il essaya de comprendre s'il avait beaucoup vomi. Impossible de savoir, c'était peut-être du sang, la même saveur aigre-douce. Les chauves-souris grinçaient. « Les démons, se dit-il, se réjouissent. » Son estomac se tordait dans des spasmes convulsifs qui le mettaient à la torture. Alors, pendant un instant qui dura peut-être une nuit et un jour, il ne pensa plus à rien.

En se réveillant, il trouva la force d'articuler : « Seigneur, prenez pitié de moi. » Il se souvint de la même prière en grec : *Kyrie éléison*. A Alexandrie, le soleil ne sortait pas de la mer. Le soleil pénétrait dans le ciel, comme le membre d'Osiris vainqueur des ténèbres et de la mort. « Seigneur, pénétrez-moi. »

Combien de temps Macaire était-il resté évanoui ? Quand il rouvrit les yeux, ses cils étaient encore collés par le sang. Avec le peu de salive qu'il avait, du bout des doigts il réussit à séparer ses paupières. De toute façon, il faisait noir.

Il eut beaucoup de peine à se mettre debout. Il essaya de réfléchir, en vain. Sans cesse la douleur installée dans son crâne prenait le dessus. « Je vais peut-être devenir fou », pensa-t-il. Il ne pourrait plus jamais réfléchir, il hébergerait dans sa tête une douleur qu'il n'avait pas invitée et qui ne s'en irait à aucun moment, une douleur qui se cacherait dans les souvenirs, car il imaginait qu'il resterait capable de se souvenir, douleur cachée comme un serpent dans le sable. La douleur n'aurait plus besoin de se cacher : au bout d'un moment, elle deviendrait semblable aux souvenirs. Toute sa vie, il aurait mal. Les souvenirs nourriraient la douleur. Les souvenirs non plus, il ne pourrait pas les expulser. Ils étaient déjà là. Le dernier souvenir serait la pierre, le souvenir du bruit dans sa tête quand il l'avait heurtée, un son très bref, comme quand on casse du bois mort, et puis la mémoire qui prend en charge cette douleur et amplifie le bruit, l'allonge, le rend effrayant, s'arrange pour qu'on ait peur de penser et qu'on renonce à penser.

Il essaya d'additionner mentalement douze et onze, douze et douze vingt-quatre, moins un : vingt-trois. Il dessina les chiffres sur sa joue. C'était la seule chose savante qu'on lui ait apprise. Additionner, soustraire aussi. De la joue, sa main remonta jusqu'au front, toucha la plaie, tous ses nerfs réagirent, il eut mal aux oreilles. Il serra très fort sa tête entre ses mains, comme si du jus devait en sortir.

Quand il donne la mort, Dieu rend la vie. Il

frappe et il guérit, Macaire ne l'ignorait pas, mais le démon aussi frappe et frappe encore là où il a déjà frappé. Et cela bouleversait profondément Macaire.

Il avait entendu dire que le démon tentait certains moines en faisant apparaître des femmes nues devant eux. Pourquoi Macaire était-il tenté par des chauves-souris et une pierre calcaire sur laquelle on avait gravé de lamentables formules impies ?

Macaire décida de sortir. Il fallait qu'il boive, sans quoi sa langue ne remuerait plus et l'empêcherait de dire les psaumes. Il fallait qu'il mange, aussi. A grand-peine, il parvint à entrouvrir sa porte. En face de lui, le soleil l'attendait et lui blessa les yeux.

Il dut progresser à plat ventre, comme un animal. Ses jambes ne suffisaient plus à le soutenir. Il se prit pour un sanglier. Il grelottait de fièvre. Il n'était qu'un jeune marcassin imprudent et au poil sale. Jadis, les sangliers lui faisaient peur. Les enfants s'enfuyaient précipitamment quand ils les apercevaient dans les fourrés marécageux.

Macaire ne sut pas se convaincre très longtemps qu'il était devenu un sanglier. Il poussa quelques grommellements qu'il n'entendit pas lui-même. Il se racla la gorge. Il lui sembla qu'il avait bêlé. Le sol était dur comme de la bonne brique. Ses mains saignaient.

Il aurait voulu s'arrêter pour brouter les touffes d'herbe qu'il rencontrait. Certains moines vivaient de la sorte, en troupeau, ayant renoncé pour toujours à la station debout, indignes de ressembler à des êtres humains, indignes d'assumer cette enveloppe humaine que le Fils de Dieu avait magnifiée en s'incarnant. Ils pâturaient autour des villages et se faisaient chasser à coups de pierre par les bergers qui ne voyaient pas d'un bon œil ces compagnies de dingos dévaster leurs herbages.

Devant les palmiers dattiers, Macaire se découragea, comprenant qu'il ne réussirait jamais à grimper jusqu'aux fruits. Des traquets noirs et blancs picoraient les dattes sous ses yeux. Il frappa dans les mains pour les faire décamper. Le claquement se répercuta dans son cerveau.

Il se contenta de quelques dattes tombées par terre. Il les mordilla d'abord puis en mit trois à la fois dans sa bouche. Il écrasa un noyau entre ses mâchoires et sursauta. Ce fut comme si on lui avait raclé un os quelque part entre la bouche et les yeux. « Le démon dans un noyau de datte », pensa-t-il. L'envie de vomir réapparut.

Il se dit qu'il allait répéter cinq cent cinquante fois la prière « Seigneur, prends pitié de moi, pauvre pécheur ». Comment les compterait-il ? Les invocations répétées le mettraient en état de grâce. Peut-être finirait-il par entendre les fameux sons inaudibles, des sons qui arrivent dans l'oreille droite quand on la bouche avec son pouce. Un vieillard grec lui en avait parlé à Alexandrie. Ce vieillard avait beaucoup voyagé. « Si tu répètes cent mille fois la même phrase sacrée, avait-il révélé à Macaire, tu entendras le son de la cloche et celui de la flûte. »

« Quelle phrase ? » Macaire avait insisté, mais le vieillard s'était toujours dérobé. Ils se rencontraient toujours par hasard, sur le port. Macaire perdit beaucoup de temps à essayer de le retrouver. Il interrogea des marins qui se gaussèrent de lui, le prenant pour un jeune amant délaissé par son protecteur.

La dernière fois que Macaire avait eu l'occasion d'implorer le vieillard pour qu'il lui apprenne la formule sacrée, il n'avait obtenu pour toute réponse qu'un rire dédaigneux.

Accroupi sous un des palmiers dattiers, il se ressouvint de ce rire lugubre, interminable, menaçant. Ce vieillard l'avait vraiment tenu sous sa coupe. Macaire négligeait son travail pour lui courir après. Le vieillard disait que tout ce qu'on espère qui arrivera dans le ciel, on peut l'atteindre dans cette vie-ci. Un jour, engoncé dans un chiton de lin pourpre, il avait esquissé des gestes surprenants, et, s'approchant de Macaire, lui avait brutalement enfourné un doigt dans chaque narine, disant : « Le diable, ça s'extirpe par les narines ! » Macaire avait poussé un cri qui s'était perdu dans le tintamarre des quais.

Le vieillard l'avait ensuite emmené de force avec lui dans une vaste cour intérieure où la foule se pressait pour assister à des supplices. Il avait vu des femmes qui n'avaient pas le temps de hurler longtemps car on leur emplissait la bouche de plomb fondu. On avait, pour finir, brûlé vif un homme qui avait violé sa servante. Une dizaine d'Éthiopiens à la peau noire martelaient de hauts tambours de bois.

Ce jour-là, Macaire entendit parler de l'empereur Constantin. L'empereur venait de mourir. Les langues se déliaient. Il avait fait poignarder son fils Crispus, soupçonné d'entretenir des rapports incestueux avec sa belle-mère. Celle-là aussi, l'impératrice Fausta, avait été assassinée sur l'ordre de son époux. Des soldats en armes avaient fait irruption pendant qu'elle prenait son bain et lui avaient transpercé le corps de leurs lances. Macaire avait imaginé la baignoire de porphyre, l'eau savonneuse, peut-être sale, ensuite rougie par le sang, le corps de la souveraine, les ricanements des soldats que provoquait la poitrine de leur maîtresse, et puis la boucherie, le corps englouti. Ces images le poursuivirent longtemps. Il en inventa d'autres, il imagina les cris.

Il s'inquiéta d'y penser à nouveau, et se sentit humilié. Avait-il si peu d'empire sur lui-même ? Il ne savait pas encore que les vrais démons sont les pensées qu'on abrite et nourrit. Patermouthios le lui avait dit mais il n'avait pas voulu comprendre.

Maintenant, il s'agissait avant tout de regagner l'hypogée. Il n'aurait jamais la force d'aller jusqu'au puits. Dans une jarre, devant sa porte, de l'eau croupissait. Il en boirait.

Il ramassa encore quelques dattes, qu'il écrasa dans sa main. Leur odeur lui rappela les alcools qu'il buvait jadis, sucrés avec des dattes.

Il se redressa et s'avança en titubant, s'immobilisant à chaque pas. « Je suis comme Lazare sortant du tombeau », pensa-t-il. La comparaison l'effraya. « Ou plutôt comme un épouvantail à oiseaux dans un champ de concombres. »

Des insectes voletaient autour de lui, venaient lui piquer le front et suçaient les humeurs amassées sur ses conjonctives.

Il aurait bien voulu entendre le son de la cloche et celui de la flûte dans son oreille droite. Seule l'oreille droite est reliée à l'âme. La gauche sert à écouter les mensonges et à les croire.

Il pensa encore : Si j'avais un capuchon, le soleil ne taperait pas sur mon crâne. Abba Cronios lui avait interdit le port du capuchon : « Tu deviendrais fier d'être humble. » Des cinq moines qui vivaient là, Abba Kômaï était le seul à porter un capuchon : il avait perdu tout désir de regarder quoi que ce soit.

« Et si je portais des sandales, songea-t-il, des sandales en fibres de papyrus, je penserais moins à mes pieds malades et je consacrerais davantage de temps à la prière. » Abba Cronios lui avait pourtant bien recommandé de prier sans cesse, il s'en souvint confusément.

« Je veux être solitaire », avait-il déclaré à Abba Cronios. « Je veux bâtir une cellule à l'écart, plus haut dans la montagne. » Abba

Cronios l'avait obligé à se prosterner devant les autres vieillards en les adjurant : « Pardonnez-moi, j'ai dit que je voulais être un moine solitaire, je mérite à peine le nom de moine. »

VI

Un an plus tard, Abba Kômaï, sur le point de mourir, avait quitté sa cellule et s'était allongé près du puits, là où il savait que les autres moines passeraient. Ceux-ci le découvrirent et se lamentèrent. Il demanda qu'on lui enlève son capuchon et que les moines marchent dessus. Il resta toute la journée sans faire un geste, refusant l'eau qu'on lui apportait.

Abba Cronios s'agenouilla à ses côtés :

— Père, toi aussi tu as peur de la mort ?

— Oui, j'ai très peur.

Il se tourna sur le ventre, respirant difficilement, le nez dans le sable. Les moines le secouèrent :

— Père, où es-tu ?

— Je comparais devant le tribunal de Dieu, laissez-moi.

— Que crains-tu ? Nous l'avons vu : tu as mené une vie parfaite.

— Je n'en suis pas sûr. Dieu n'est jamais du même avis que les hommes.

— Père, que vois-tu ?

— Ne vaut-il pas mieux que je reste silencieux ? J'ai toujours souffert d'avoir parlé, jamais de m'être tu.

— Comment ferons-nous pour t'ensevelir ? Nous n'avons rien, ici.

— Ne serez-vous pas capables de m'attacher une corde à la jambe ? Et de me tirer dans la montagne ?

Les moines furent stupéfaits de l'entendre rire. Abba Cronios lui demanda pourquoi il riait.

— Je ris parce que je passe de la mort à la vie, et que vous, vous pleurez.

Le soir venu, Abba Kômaï se remit sur le dos et psalmodia des mots que personne ne comprenait : il demandait la rémission de ses fautes dans la langue qu'il avait parlée quand il était petit, dans son pays, tout à fait au sud, plus loin que la deuxième cataracte du Nil.

Les moines lui annoncèrent qu'ils allaient prier pour lui et il leur fit comprendre que leurs prières seraient inutiles :

— Désormais, Dieu et moi, nous sommes seuls.

Il demanda qu'on aille chercher Macaire.

Macaire avait mis à profit l'absence d'Abba Kômaï pour jeter un coup d'œil dans sa cellule. Elle était dépourvue de lucarne. Il eut du mal à s'habituer à l'obscurité. Il découvrit quelques objets qu'il porta l'un après l'autre près de la porte pour les détailler à la lumière du jour. Il y avait des parchemins déchirés et recousus. Macaire les feuilleta : sur chaque feuille, des lignes avaient disparu sous l'effet des larmes. Il trouva aussi un bâton, les pains durs comme des pierres (ceux que l'Abba acceptait pour ne pas paraître prétentieux, mais qu'il ne mangeait pas, entassait et allait périodiquement jeter dans la montagne), une minuscule cruche en terre cuite, trouée de part en part pour que l'eau ne puisse pas y être conservée. Sous ses mains, dans le fond de la cellule, il sentit les excréments du vieillard, plus secs que ceux des chèvres. Malgré la saleté quasi répugnante de la cellule, car l'Abba estimait que les poussières sont vivantes et glorifient Dieu à leur manière, aucune mauvaise odeur ne se dégageait : Dieu veillait à ce que l'Abba ne soit pas distrait par une lutte inutile avec son odorat.

Se tenant à l'écart des autres, à cause de son vœu de silence, Macaire ignorait que l'Abba Kômaï était mourant. Il accourut.

— Macaire, lui reprocha Abba Kômaï,

pourquoi as-tu mis une porte à ta cellule ? C'est du temps qui appartenait à Dieu et que tu as détourné. Macaire ?

Macaire se taisait à cause de son vœu.

— Macaire, écoute ce que Dieu me donne encore le temps de te dire : *Reste dans ta cellule, elle t'apprendra tout.*

Et Macaire retourna dans sa cellule. Il aurait aimé poser une dernière question à l'Abba, mais il ne voulait pas rompre son vœu. Il n'avait failli qu'une fois ou deux : il s'était adressé à haute voix à Dieu lui-même. Qui lui en tiendrait rigueur ?

Abba Kômaï garda les yeux ouverts toute la nuit. Il observait les étoiles. Il demanda qu'on déchire son vêtement tout de suite après sa mort, comme il est écrit : « Ils déchirèrent leurs vêtements. » Il allait mourir comme Adam, comme Seth, comme Jacob et Isaac. Les jours vécus par Isaac avaient été de cent quatre-vingts ans avant qu'il n'expire et ne meure. Le Seigneur arrêtait les jours de Kômaï à quatre-vingt-douze ans. « Que ta volonté soit faite. » Les moines l'entendirent murmurer et se penchèrent. Il ferma les paupières et sa dernière phrase fut :

— Ne me demandez plus rien. Si vous saviez comme je suis occupé.

Macaire, quand il vit poindre l'aube, comprit que l'Abba venait de mourir. Le soleil apparaissait bien avant l'heure. Les moines remercièrent Dieu d'avoir modifié la course de l'astre pour permettre à l'âme d'Abba Kômaï de se séparer de son corps dans le jour naissant. Elle aurait ainsi un voyage moins désagréable à accomplir jusqu'au fond du ciel. Ils crurent la voir passer, entourée d'anges déguisés en oiseaux. Les rayons du soleil, tendus comme des cordes d'arcs, leur indiquaient la route.

Les moines se débarrassèrent du cadavre dans l'après-midi. Ils se permirent de bavarder un peu. Leur émotion était grande. Ils voulurent transporter le corps dans leurs bras, mais Paul de Nilopolis, devenu le plus ancien, s'y opposa. Il fallait le traîner par terre :

— Ce n'est plus qu'un vieux sac de peau.

Au lieu d'utiliser les cordes qui se trouvaient près du puits, ils en tressèrent deux nouvelles, pour que leur travail vienne en aide, au besoin, à l'heure du jugement, à leur compagnon.

— Dieu s'est déjà manifesté à lui dans sa cellule, commenta Abba Cronios. J'en suis sûr. Personne n'a envie de survivre après avoir vu Dieu.

Ils eurent fini au moment où le vent se leva

et leur envoya dans le visage des insectes noirs et orange.

Ils demandèrent à Macaire de venir nouer leurs cordes autour des jambes et des aisselles du mort. Il refusa de sortir de sa cellule et leur fit des signes afin qu'ils comprennent pourquoi : il entendait suivre le dernier conseil d'Abba Kômaï.

— Dépêche-toi, intervint rudement Abba Cronios.

Il recula dans le noir. Abba Cronios le suivit et le prit sans égards par le bras :

— Le moine qui est sous les ordres de son père spirituel et qui ne pratique pas la vertu d'obéissance, même si sa vie est austère et pure, n'est pas un moine. Macaire, si je t'ordonnais de parler, malgré ton vœu, tu devrais parler. Mais on ne te demande pas de parler. Viens !

Macaire s'exécuta. Il put enfin regarder attentivement le visage noiraud d'Abba Kômaï. Il avait les poils du nez tout blancs, et le nez en lame de couteau. Le visage, sous l'effet de la mort et de la chaleur, s'amollissait, s'efféminait. Les sourcils semblaient avoir poussé sur les paupières même, et ressemblaient à deux chenilles velues. Macaire dut s'y reprendre à plusieurs fois pour enrouler la corde autour des jambes : elle n'était pas assez flexible. Il effleura les jambes, deux tiges grêles comme des sarments, et ne serra pas trop fort, de crainte qu'elles ne cassent.

Par respect envers les dernières paroles du défunt, on l'avait dévêtu. Macaire regarda à quoi ressemblait un sexe qui n'avait jamais servi à rien. Au milieu d'une touffe de poils gris, pendait une verge charnue et flasque dont le volume contrastait avec la maigreur du corps. Macaire passa l'autre corde sous les aisselles du mort et fit des signes pour qu'on l'aide à soulever le buste. Il lui répugnait de toucher cette peau grivelée, peau d'oiseau que des charognards, de moins en moins haut dans le ciel, convoitaient déjà.

On hissa le corps dans la montagne. La tête cognait contre les pierres. Elle devint vite sanguinolente. Abba Paul fermait la marche et psalmodiait, mais il s'essouffla vite. Il obligea les autres à cracher sur le corps. Ensuite il les gifla. Il était plus petit qu'eux et suait davantage. Il les gifla plusieurs fois chacun :

— Le corps est le réceptacle de l'âme. Imbéciles ! Pourquoi le méprisez-vous ? Le corps est l'instrument du démon ! Quintuples imbéciles ! Pourquoi tenez-vous au vôtre ?

Ils creusèrent avec leurs mains une excavation. Quand ils redescendirent, Abba Paul leur enjoignit de choisir chacun une pierre trop lourde pour eux et de la porter jusqu'à l'intérieur de leur cellule. Les moines auraient préféré que ces pierres recouvrent le cadavre et le protègent contre les hyènes.

La pierre choisie par Macaire lui retomba tout de suite sur les pieds. Il hurla. Il était le dernier. Il attendit que les autres aient disparu pour prendre une pierre moins grosse. Avant de la soulever, il se massa les orteils.

Arrivés en bas, les moines trouvèrent deux jeunes garçons qui les attendaient, d'environ douze et dix ans. Ils avaient de grands yeux noirs et regardaient les moines avec respect. Intimidés, ils ne répondirent pas aux premières questions qu'on leur posa. L'aîné se décida :

— Nous cherchons notre oncle Cronios.

Abba Cronios leur cria :

— Ce n'est pas vrai ! Vous êtes le diable !

Sans se départir de son calme, l'aîné, récitant une phrase mise au point depuis longtemps, reprit :

— Nous sommes les deux fils de ta sœur, et elle nous a dit de te trouver pour que tu reviennes avec nous. Elle est si malade qu'elle va mourir bientôt.

Abba Cronios avait dissimulé son visage

sous le capuchon d'Abba Kômaï qu'il s'était approprié. Les autres moines gardant le silence, il essaya de renvoyer les garçons :

— Je prierai et je jeûnerai pour votre mère. Dites-lui que Cronios passera toutes ses nuits en prière pour elle jusqu'à ce que Dieu m'avertisse qu'elle est guérie.

Les enfants ne voulurent pas se laisser faire :

— Il faut que tu viennes. Nous ne repartirons pas sans toi.

Abba Paul intervint :

— Par amour pour votre mère, vous avez eu le courage de venir jusqu'ici. C'est Dieu qui vous en a donné la force. Cronios, je te le dis : va voir ta sœur, pour qu'à son tour elle puisse te voir.

Les enfants dirent qu'ils étaient fatigués et qu'ils avaient faim. Macaire fut chargé de s'occuper d'eux jusqu'au lendemain. Ils refusèrent d'entrer dans l'hypogée, et improvisèrent dehors un lit de palmes. Macaire leur donna des dattes qu'ils dévorèrent en finissant par demander s'il n'y avait rien d'autre. Ils étaient très impressionnés de voir de vrais moines de près. Dans la vallée, tous les moines retirés dans le désert passaient pour les plus grands saints que le pays ait jamais connus. Avant de s'endormir, l'aîné confia à son frère : « Heureusement que tu as bien voulu m'accompagner, tout seul j'aurais eu peur des démons.

— Les démons ne s'occupent pas des enfants. Parle-moi d'autre chose ! »

Une petite troupe partit au lever du jour : les deux garçons, leur oncle et Macaire. On marcha toute la journée. Les enfants traînaient le pas et énervaient Macaire. Abba Cronios lui dit : « Supporte-les comme Dieu te supporte. » Ils passèrent la nuit dans une maison abandonnée.

Le lendemain, dès qu'ils furent en vue du village où habitait la sœur de Cronios, les enfants partirent en courant pour annoncer l'arrivée de l'oncle.

Macaire ne voulait pas entrer dans ce village : « Et si l'envie me prenait de rester ? », pensa-t-il. Abba Cronios s'arrêta, et lui parla en évitant de rencontrer son regard :

— Macaire, depuis que tu es arrivé chez nous et que je t'ai choisi comme disciple, il me semble que tu n'as pas assez péché. Dans les rues de ce village, trouve une occasion de péché, et cesse de te refuser aux démons, ce n'est pas normal.

Macaire faillit oublier son vœu de silence et répondre. Les deux enfants réapparurent en poussant des cris de paon, interrompant l'entretien.

Abba Cronios s'arrêta devant la maison de sa sœur. Il savait qu'elle était veuve. Il trouva la maison très délabrée. Un chien maigre aboya et se rendormit.

Les deux garçons et une ribambelle de mioches voulurent pousser les moines à l'intérieur. D'autres gosses gardaient une prudente distance entre eux et les nouveaux venus.

Des poules et des canards sortirent de la maison, attirés par le remue-ménage. Une petite fille les suivait, la main devant les yeux.

Enfin, la sœur d'Abba Cronios arriva, vêtue d'une longue tunique jaune qui s'effrangeait dans le bas. Elle courut vers son frère. Il la repoussa :

— Me voilà, me voilà ! Tu voulais que je vienne, me voilà ! Regarde-moi autant que tu veux, mais ne me touche pas !

Elle dit aux enfants de rentrer. Macaire s'éloigna. Abba Cronios le rejoignit presque aussitôt : « Nous repartons. »

Ils marchèrent toute la nuit. Le lendemain, Abba Cronios ne ralentit pas l'allure. Macaire enrageait de devoir se taire. Il émit quelques grognements et tendit la main vers l'outre

87

d'eau donnée par sa sœur à l'abba, qui réagit fortement :

— Si tu as soif, contente-toi de l'ombre. Tant de gens souffrent et tu songes à boire !

Ils longèrent un bouquet d'acacias, sous lesquels on distinguait une tombe. Ils s'approchèrent et Abba Cronios déchiffra à haute voix : « Trop loin de la terre d'Italie, me voici couché. Mourir hors de l'île de Caprée fut pour moi plus atroce que la mort elle-même. Ma vie, plus amère que la mort insupportable. »

Ils se recueillirent. « Il n'a pas eu à l'esprit le royaume des cieux, commenta l'Abba Cronios. Un psaume dit que notre vie est comme la mer. Nous autres, qui croyons en Dieu, nous naviguons le jour, éclairés par Dieu qui est le soleil de justice, comme l'ont dit les Prophètes. Des hommes comme celui qui est mort ici naviguent de nuit, dans les ténèbres du mal. Peut-être a-t-il quand même sauvé son navire, car il a eu peur et il a crié. Dieu l'aura entendu. Nous, qui nous croyons sur une mer calme, nous nous endormons et si nous coulons, nous ne pourrons même pas crier. »

— Combats afin de connaître toutes les morts, dit encore Abba Cronios, tandis qu'ils marchaient et que le soleil était au zénith. Tu dois combattre pour la mort de ton corps. C'est ton esprit et ton intelligence qui doivent mourir, mais c'est si difficile que je te conseille de faire mourir ton corps d'abord. Ensuite, ton esprit mourra forcément. Et tu seras mort aussi pour tous les autres hommes : alors tu pourras rencontrer Dieu dans le silence. Ne crois surtout pas que le silence que tu gardes en ce moment va te faire rencontrer Dieu ! Ce silence que je t'ai imposé est un silence idiot. Il ne sert à rien. Tu verras plus tard. Tu en as besoin maintenant, c'est tout.

Macaire, les jambes repliées, poursuivit des sauterelles qu'il mangea crues. Des fleurs blanches en forme d'étoiles se dissimulaient à l'ombre d'arbustes. Il saisit leurs hampes le plus près possible du sol et tira doucement. Les bulbes sortirent. Il les nettoya, en croqua un et en proposa un autre à Abba Cronios.

Le soir, ils eurent rejoint les premiers chicots rocheux.

— Ne t'endors pas trop vite, recommanda Abba Cronios. Mets-toi dans l'état où est celui qu'on va conduire à la torture. Imagine que les bourreaux arrivent, qu'ils sont là, qu'ils prennent ta langue entre leurs doigts et s'apprêtent à la couper morceau par morceau.

Dès leur retour, Macaire se confina dans sa cellule et se renferma sur lui-même. Il fut tenté de tremper son pain dans l'eau, pour qu'il soit meilleur à manger. Il injuria silencieusement le démon : « Sors d'ici, sale bête ! Tu ne me tenteras pas ! Je mangerai du pain rassis... » Et il crut entendre le démon lui répondre d'une voix suave : « Bravo, très saint Macaire ! Quel grand saint tu deviens ! Crois bien que nous nous en réjouissons tous. Tu devrais sortir d'ici et te montrer partout. Quel dommage de voir un si grand saint qui s'emprisonne dans une cellule puante ! »

Patermouthios, il y avait bien longtemps, avait déjà prévenu Macaire : « Ne commets pas d'excès. Les démons auront vite fait de te flatter. Il vaudrait mieux que tu paies quelqu'un pour qu'il vienne t'injurier. »

Macaire trempa son pain dans l'eau et le trouva plus facile à avaler.

Il se souvint qu'il avait demandé à Patermouthios :

— Comment dois-je faire pour me sauver ?

— Tu sais comment te sauver, nous le savons tous mais nous ne souhaitons pas être sauvés, voilà la vérité. Tu jeûneras et tu croiras devenir humble, mais c'est ton orgueil que tu flatteras. Punis-toi sans relâche !

En pleine nuit, Macaire sortit avec sa jarre vide et alla jusqu'au puits. Il puisa de l'eau, en remplit sa jarre et la vida aussitôt dans le puits. Il recommença et agit de la sorte jusqu'à ce qu'il fasse jour, remplissant et vidant sa jarre au moins deux cents fois. Sa seule crainte était de déranger les autres moines, car il lui était impossible d'éviter tous les bruits, surtout quand il rejetait l'eau dans le puits.

Ses gestes devinrent de plus en plus automatiques. Il priait en remontant l'eau, et récitait le psaume qui commence par « *Éternel, écoute ma voix, je t'invoque* ». Pendant qu'il remplissait la jarre, il était arrivé en général à « *Je voudrais habiter toute ma vie dans la maison de l'Éternel* ». Il confondait plus ou moins les paroles et l'ordre des versets. Il se souvenait vaguement de « *Mon père et ma mère m'abandonnent mais je suis heureux parce que l'Éternel me recueillera* ». Quand il rejetait l'eau dans le puits, il s'arrêtait de prier pour écouter le bruit, qui le captivait.

Il se disait que Satan le surveillait, avec un arc tendu, prêt à lui envoyer une flèche en plein cœur. S'il priait sans discontinuer, Satan se lasserait. En même temps, il se rappela le visage de la sœur d'Abba Cronios, et se dit qu'elle avait un visage de sainte. Ce n'était pas vrai, évidemment. Il avait pensé tout le contraire, au moment même. Il s'était même demandé : « Son mari est mort, va-t-elle avec d'autres hommes ? » Elle était ronde comme une caille. Macaire comprit qu'il s'enflammait et se versa sur la tête le contenu de la jarre. Il avait trop envie de penser à cette femme. Il se remémora des phrases de Patermouthios : « Le vrai moine est celui qui ressemble à une femme mariée et chaste qui ne prête pas l'oreille à des voix inconnues. Le moine qui se laisse aller à des pensées douteuses et qui écoute en lui une autre voix que celle de Dieu, ce moine est semblable à la femme adultère. Le moine qui se laisse aller à n'importe quelle pensée et ne se domine jamais, ce moine est comme une prostituée qui fait tout ce qu'on lui demande ! »

Il entendit des bruits de pas et tendit l'oreille. D'un seul coup il perçut des dizaines de bruits discordants. Ses yeux fouillèrent la nuit mais il ne parvint pas à regarder et à écouter en même temps. Il ferma les yeux, il n'entendait plus que son cœur qui battait. La pierraille crissait sous les pas de quelqu'un, il n'y avait pas de doute. La voix bien posée d'Abba Cronios résonna :

— Macaire ! Souviens-toi : « Reste dans ta cellule. » Tu oublies vite, Macaire !

Il laissa le silence retomber. Macaire s'avança pour prendre la jarre et disparaître.

Sans le vouloir, il se cogna contre l'Abba Cronios qui ne fit pas un mouvement mais reprit de la même voix calme :

— Quel besoin as-tu de sortir en pleine nuit ? Renonce à tout, Macaire, car les choses auxquelles tu ne renonces pas, même si tu n'y penses plus, elles reviendront te troubler. Je ne te réprimande pas, Macaire. Je ne te pose pas de question. Tu peux continuer de te taire. A partir de demain, je pense qu'il serait bien que tu manges davantage. Tu es excessif, et quand on veut en faire trop on n'a plus la force d'en faire juste assez. Pardonne-moi, Macaire.

Macaire ne bougeait plus. Il sentait l'énergie dégagée par le corps de l'Abba s'emparer de lui. Il souhaita que l'Abba le touche. Lui-même aurait voulu, en guise de réponse, lui caresser les cheveux qu'il devinait si proches de lui. L'Abba expira fortement et Macaire sentit le souffle tiède sur ses joues.

L'Abba se détourna. Macaire s'efforça de suivre du regard la silhouette qui disparut dans les ténèbres.

VII

Un jour, les moines virent arriver une vieille femme. De loin, ils crurent que c'était la vieille qui venait d'habitude avec le chamelier prendre livraison des corbeilles. Le reste de la caravane avait dû s'attarder plus bas et elle arrivait première avec les olives, car on voyait qu'elle portait un sac assez lourd.

Ils comprirent vite que ce n'était pas elle. Celle-ci cherchait son chemin et s'arrêtait à chaque instant. Elle disparut derrière un rocher et ils ne la virent plus. Ils cessèrent aussitôt d'y penser.

La vieille reparut. Quand elle fut devant eux, ils s'arrêtèrent de tresser les corbeilles.

Ses yeux brillaient, et si on n'avait regardé que ses yeux, on l'aurait prise pour une jeune fille. Elle posa son fardeau, se frotta les mains et, d'une toute petite voix, prononça « Bonjour ». Les quatre moines qui travaillaient baissèrent la tête et ne réagirent pas.

Elle s'approcha d'eux en trottinant, embarrassée :

— Heureusement qu'il fait moins chaud qu'hier. C'est grâce au vent. Ce vent peut facilement détraquer quelqu'un. Parfois, si on n'avait pas la force de lui résister, on s'étendrait volontiers, pour lui laisser faire tout le travail. Vous n'y avez jamais pensé ? Le vent est si puissant. Si nous le laissions faire, il nous ensevelirait. Sûr qu'il y a des moments où on ne demanderait pas mieux, un peu de vent tiède, pas méchant. Mais là, il devient méchant.

Personne ne lui répondit. Elle continua sans s'inquiéter :

— Je suis bavarde, n'est-ce pas ? Je suis sûre que vous me trouvez bavarde. Mon mari tenez, il me disait toujours : Tu parles trop. Je me disais aussi : ces moines qui habitent là-haut, peut-être mon fils est parmi eux. C'est en bas qu'on m'a dit qu'il y avait des moines ici. C'est que j'en ai vu, des moines ! Vous comprenez, mon fils est moine. Alors je me disais : il faut que je le voie.

Un des moines se leva, la dévisagea brièvementment et rentra dans sa cellule. Elle s'adressa à Abba Cronios :

— Oh, celui-là ! Il peut bien s'enfermer, ce n'est pas mon fils. Mon fils est bien plus beau, bien plus grand. Je dirais même que vous avez l'air aussi grand que lui, si vous n'étiez pas assis, mais vous êtes beaucoup trop vieux. Il s'appelle Pior, mon fils.

Elle tortillait ses doigts et essuya ses yeux. Du pied, elle éparpilla des copeaux de bois accumulés avec d'autres déchets :

— On voit qu'il n'y a pas de femme avec vous. Tout est bien sale ! Personne ne lave le linge, dirait-on. Avec cette chaleur, vous devez sentir mauvais !

Soudain elle poussa un cri déchirant. Abba Cronios releva la tête. Elle venait d'apercevoir Macaire, qui s'approchait les bras chargés de dattes fraîches. Elle chancela :

— C'est lui, je vous dis ! C'est mon fils !

Voulant courir, elle se prit les pieds dans une racine, perdit son équilibre et Abba Cronios n'eut pas le temps de lui porter secours. Elle se releva, le visage angoissé :

— Laissez... laissez, on est solide à mon âge, sinon je serais déjà morte.

Et elle appela avec une force surprenante :

— Pior ! Pior !

Macaire lâcha les fruits qui furent pris d'assaut par une colonne de fourmis. Il détala et s'enferma dans l'hypogée. Plus au timbre de la voix qu'à l'allure générale, il avait reconnu sa mère. Il poussa le verrou qu'il avait bricolé et dont il se servait pour la première fois. « Pourquoi vient-elle me déranger ? », pensa-t-il.

Il tendit l'oreille : des voix s'approchaient ; celle, plaintive, de sa mère, coupait les déclarations sentencieuses d'Abba Cronios.

Il laissa sa mère tambouriner contre la porte pendant tout l'après-midi : « Mon fils... Ouvre ! Toute cette fatigue pour te voir, et tu ne m'ouvrirais pas ? »

Abba Paul de Nilopolis sortit de sa cellule pour faire cesser le tapage. Quand il devina une silhouette de femme prostrée devant la porte de Macaire, il mit son capuchon et marcha lentement vers elle, en observant ses pieds pour voir où il se dirigeait. Abba Cronios l'empêcha d'avancer :

— Cette vieille femme n'arrête pas de gémir.

— Gémir ! dit l'ancien de Nilopolis. Ce sont plutôt des hurlements de souffrance.

— Je t'ai aussi apporté du miel, murmurait à présent la vieille femme. Tu ne vas pas me laisser repartir avec ce miel. Tu l'aimais, quand tu étais petit. Il a toujours le même goût. Il est pour toi, ce miel. Je ne vais quand même pas repartir en emmenant ton miel, ce serait du vol!

Elle se dressait sur la pointe des pieds, comme si elle s'apprêtait à embrasser son fils. Ses cheveux grisonnants se confondaient avec la couleur des vermoulures de la porte. Si Macaire l'avait vue, elle lui aurait rappelé les canetons qu'il harcelait jadis et qui se sauvaient en battant des ailes. Leur affolement les rendait comiques.

Abba Paul cogna à la porte :

— Macaire, réponds-moi! Je te délivre de ton vœu : pourquoi ne veux-tu pas ouvrir à cette femme? Est-elle ta mère?

Macaire, qui n'avait pas prononcé un mot depuis plus d'un an et demi, continua de se taire.

De l'autre côté de la porte, Abba Paul éleva la voix :

— Écoute ceci, Macaire : un homme est venu me voir. Il voulait, comme toi, devenir moine. Je lui ai dit : As-tu quelqu'un dans le monde à qui tu es attaché? Oui, m'a-t-il répondu, mon fils. Il a quatorze ans, ce sera un homme vaillant. Je lui ai dit : Prends ton fils avec toi, conduis-le au bord du fleuve et jette-le dans l'eau pour qu'il se noie. Quand tu auras noyé ton fils, tu seras devenu un moine. Cet homme a appelé son fils et ils se sont dirigés vers le fleuve. J'ai demandé à un moine de les suivre pour empêcher que cet imbécile n'aille vraiment tuer son fils. Eh bien, il s'apprêtait à le précipiter dans un mauvais courant. Le moine est intervenu. L'imbécile lui a répondu : « Mais c'est l'abba qui m'a dit de le noyer ! » Le moine qui agissait sur mes ordres sépara le père et le fils : « Après ton départ, l'abba a dit qu'il ne fallait pas jeter ton fils dans le fleuve. » Tu sais qui était cet imbécile, Macaire ? L'homme que tu appelles aujourd'hui Abba Cronios.

Macaire se demanda pourquoi on lui racontait cette histoire. En tout cas, sa mère s'était tue. A peine l'entendait-il renifler.

— Ne suis-je pas ta mère ? Au moins, dis-moi quelques mots, mon enfant, que je puisse reconnaître ta voix.

Abba Paul perdit patience et à son tour cogna sur la porte :

— Parle donc ! Faut-il que j'invoque les archanges et Moïse, Abraham et Jacob ? Il vaudrait mieux que tu manges de la viande et boives du vin plutôt que d'agir comme tu le fais.

— N'est-ce pas moi qui t'ai allaité? dit-elle.

On entendit alors comme une voix d'enfant :

— Ton fils est mort.

C'était Macaire. Il se ressaisit et prononça d'une voix nette :

— Mère, veux-tu me voir maintenant ou plus tard dans le ciel?

La vieille femme, émue d'entendre le son d'une voix dont elle ne se souvenait plus et qui faisait renaître des images de jeunesse et de joie, n'avait pas prêté attention au sens de la phrase et demanda à Macaire de la répéter.

Elle bégayait. Elle agrippa la manche de l'abba, qui eut un sursaut.

Macaire lui redemanda si elle voulait le voir maintenant ou dans l'autre vie.

— Maintenant, répondit-elle. Tout de suite, oui, maintenant. Tu vas ouvrir?

— Je préfère te voir dans les temps qui viendront. Si je te vois maintenant, mère, je deviendrai faible et prisonnier des démons.

L'abba intervint :

— Sache bien que si tu ouvres cette porte, tu verras ta mère mais tu repartiras avec elle.

— Tu vois, mère...

— Mais si je ne te vois pas maintenant,

quand te verrai-je alors ? se lamenta la vieille femme.

— Si tu es assez forte pour dominer ton désir, mère, tu me verras dans le ciel. Nous y serons ensemble pour l'éternité.

— Tu es sûr ?

— Oui, mère.

— Je suis si heureuse de t'entendre. Tout ce voyage, tu as oublié, toi, comme c'est fatigant, les voyages. Je ne suis pas bien portante du tout.

Se tournant vers Abba Paul, qui ne bougeait pas plus qu'une statue, elle entreprit de lui raconter ses maladies. Elle lui demanda de répéter le nom que les moines avaient donné à son fils, et répéta, comme une litanie, « Macaire, Macaire ». Abba Paul fut étonné d'apprendre que Macaire était un nom d'emprunt.

Elle interpella son fils :

— Tu as dit que nous nous verrions dans le ciel ? Si tu le dis encore une fois, je le croirai.

Macaire, à l'intérieur de l'hypogée, ne répondit rien. Sa mère continua :

— Je m'en vais, alors ? C'est ça que tu veux ?

Et, se ravisant, elle frappa encore à la porte :

— Le miel, Pior ! J'oubliais ton miel...

— Donne-le à un pauvre, répondit-il. Tu penseras que c'est à moi que tu l'offres.

— Ah non ! C'est pour toi, ce miel. Je le laisse ici, juste devant la porte.

Macaire ne répondit plus. Elle recula, passa devant les autres cellules, écarquillant les yeux pour s'imprégner de ce lieu où son fils vivait. Elle observa les toitures, compta les palmiers, emporta avec elle l'image de ce que son fils voyait tous les jours.

Les moines ne la retinrent pas. Elle mit du temps à retrouver le chemin par où elle était arrivée. Elle fit de grands efforts pour se tenir droite, et chantonna, en espérant que son fils, malgré tout, la regarderait à travers un interstice du muret de briques qu'elle avait remarqué, car une mère remarque tout. Elle chanta plus fort, étant certaine qu'il reconnaîtrait la mélodie. Il la chantait à tue-tête, cette chanson, quand il parcourait le village avec ses frères et sœurs.

Ce souvenir l'égaya. Elle entendait encore leurs chamailleries. « Aujourd'hui, je ne pourrais plus supporter des disputes d'enfants, se dit-elle. J'avais beaucoup plus de vigueur avant. » Elle avait vu mourir l'homme qui l'avait choisie pour être la maîtresse de sa maison. Des enfants qu'elle lui avait donnés, trois étaient morts devant elle. A chaque fois, elle avait confectionné elle-même des jouets neufs, que le père avait peints, pour les mettre dans les cercueils. Ces jouets devaient être bien abîmés, depuis, à moins que l'encaustique ne les ait protégés. Tout cela n'avait plus d'importance. Elle était si âgée. Les longues heures de marche qui restaient à faire ne l'impressionnaient pas. Si elle mourait d'insolation, elle irait au ciel où elle n'aurait qu'à attendre son fils aîné.

Dans sa cellule, Macaire se bouchait les oreilles avec ses pouces. Il n'était pas encore capable d'entendre les sons inaudibles.

Hors d'haleine, la vieille femme s'arrêta. Le raidillon l'exténuait. Elle s'arrêta pour grignoter le fromage qu'elle avait apporté pour son fils et dont elle n'avait même pas osé parler. Elle se remit en route vers la plaine où elle trouverait de l'ombre.

Ces enfants, songea-t-elle, c'est déjà bien de les avoir eus. Il en avait fallu, du courage. Elle savait aussi qu'elle avait été intelligente, elle n'avait pas seulement couvé des œufs. Elle avait entrepris ce voyage compliqué sous le coup d'une impulsion morbide, pour vérifier si son aîné allait bien. « Ces vieux avec qui il est le rendent enragé. Il avait l'air maigre comme un clou. Il ne se soigne pas, évidemment. »

Elle poursuivit : « Je suis partie toute seule. Je rentre seule aussi, c'est bien. Est-ce que je pensais qu'il reviendrait avec moi ? Oui, je le pensais. Il croit qu'il va me voir dans le ciel. Il sera bien déçu. Je n'aime pas le Paradis. Je n'ai pas envie d'y aller. »

Abba Paul avait suivi des yeux la silhouette de la vieille femme qui disparaissait. Il n'avait pas envie qu'elle se cache dans les environs pour revenir, pendant la nuit, auprès de son fils, troublant aussi les autres membres de la communauté. Ce genre d'intrusion détournait les moines de la prière. Bien sûr, le Christ lui-même avait pris sa mère en pitié, mais le nombre de frères, de sœurs, de cousins, de neveux qu'Abba Paul avait déjà dû éconduire, parasites en quête d'une bénédiction, d'une aumône, d'un refuge contre la justice séculière ! Envahissants, désinvoltes et bavards, ces gens causaient aux moines un tort irréparable. « Nous n'avons pas de services à rendre aux ennemis de Dieu », se dit-il.

Il se dirigea vers la cellule de Macaire. Il marchait lentement et respirait avec peine, à cause de son grand âge et de la chaleur torride. Les mouches bourdonnaient autour du pot de miel. Abba Paul donna un coup de pied dans le récipient qui se brisa contre un quartier de roche. Une mouche plus grosse qu'un ongle, plus éclatante qu'une émeraude, se posa sur un œil de l'Abba Paul, qui souffrait d'une conjonctivite granuleuse. Il fut aveuglé et fit un faux pas, s'étalant tout de son long.

Incapable de se relever, il lutta contre la torpeur qui l'envahissait. Il eut peur de s'être déboîté l'épaule. Il vit que les mouches s'engluaient dans le miel. Il appela Macaire, mais Macaire s'était décidé à ne plus donner signe de vie. Furieux, Abba Paul oublia sa douleur et trouva la force de se relever. D'une voix aiguë, il ordonna à Macaire de sortir. Celui-ci, impressionné par la colère qu'il devinait, se soumit.

Abba Paul commença par le ridiculiser, sachant depuis longtemps qu'il importait d'humilier les jeunes moines.

— Je t'ai tendu un piège pour t'éprouver, dit-il, et tu es tombé dedans. Tu as eu la naïveté de croire que tu avais le droit de parler parce que je t'en donnais la permission...

— L'ordre ! dit Macaire.

— L'ordre ou la permission, tu as parlé et tu as rompu ton vœu de silence. Deux ans, se taire pendant deux ans, ce n'était pas si difficile, pourtant ! Je me demande si tu es fait pour la vie que nous menons ici.

— J'ai obéi. Vous m'avez dit de parler, j'ai parlé. Et c'était ma mère.

— Non ! Il fallait te taire. Ce qui est fait est fait. Maintenant, c'est bien simple : tu vas continuer de te taire pendant deux nouvelles années. Le moine qui se tait longtemps arrive à parler avec Dieu. Ne quitte plus ta cellule, dont je te demande cependant de laisser la porte ouverte. Je vais faire le nécessaire pour qu'on t'apporte ta nourriture. Avant, tu me feras le plaisir de ramasser tout ce miel répandu. Trouve un ustensile et veille à ce qu'il n'y ait pas de sable qui reste pris dans le miel. Enlève le moindre grain avec tes doigts.

Macaire déféra aux décisions de l'ancien. Il se tut pendant deux ans. Il résista à la faim et, l'hiver, au froid, un froid noir. Tant bien que mal, il repoussa les tentations qui l'assaillirent souvent. Il s'interdit de s'allonger pour dormir, ne prenant du repos qu'accroupi.

Son foie le faisait souffrir. Malgré ses efforts pour l'ignorer, il lui arriva de se tordre de douleur. Une nuit, il crut qu'un homme poussait sa porte et entrait. Le visage de cet homme illumina le recoin où Macaire gémissait.

— Où as-tu mal ? s'enquit-il d'une voix douce.

— Au ventre, répondit Macaire, déjà soulagé parce qu'on semblait s'intéresser à lui.

L'étranger lui toucha le ventre. Macaire eut honte de sa peau pleine de boutons et de squames. Il ferma les yeux et ne frémit pas lorsqu'il crut comprendre que son visiteur, de deux doigts joints et aussi acérés qu'une lame, lui ouvrait le ventre pour en extirper le foie. Il entendit comme dans un rêve : « Regarde cette saleté, tu ne souffriras plus. » Il osa entrouvrir un œil et se persuada que l'homme emballait dans une pièce de lin son foie dont dégoulinait un liquide visqueux. Le linge fut béni et le foie fut replacé dans le ventre de Macaire, qui entendit encore ce murmure : « Te voilà guéri, continue de m'invoquer et de me servir, je suis ton frère, le Fils de Dieu. » Macaire se prosterna immédiatement, mais trop tard : la cellule était sombre et vide. De sa main, il caressa sans le vouloir une araignée qui le piqua : sa main enfla et il comprit qu'il avait péché en s'imaginant que le Christ était venu lui rendre visite. Il le comprit en se remémorant la dernière phrase, qui était signée du démon : « Je suis ton frère, le Fils de Dieu. » Profondément bouleversé, il se répéta toute la nuit : « Je suis le frère du diable ! »

Il voulut fermer la porte. Au moment où il la poussait, il se souvint de l'ordre d'Abba Paul. Il désespéra de devenir jamais un bon moine. Parmi les anciens, certains avaient reçu de Dieu le pouvoir d'arrêter le soleil. A lui, Dieu n'avait même pas encore permis qu'il cesse de souffrir du froid en hiver et de la chaleur en été. Jour et nuit, les démons grinçaient des dents aux abords de la cellule. S'il fermait la porte, cela les empêcherait-il d'entrer ? Il aurait voulu que Dieu lui envoie des anges pour les faire taire. Il savait qu'il n'était qu'un petit moine dont Dieu ne s'occupait pas.

Macaire ne ferma pas la porte et se risqua dehors. Le vent venait de se lever. Des craquements lugubres provenaient de partout. Il regarda les étoiles, qui paraissaient plus lointaines que d'habitude. Il resta là plus d'une heure, les yeux en l'air, à s'engourdir.

Le visage vert de froid, il se mit en route. Une force intérieure le poussait à quitter cette montagne. Une voix lui soufflait : « Dieu se trouve dans ta cellule mais Dieu est aussi dehors. La nuit n'est qu'une autre cellule. Installe-toi dans la nuit. Marche jusqu'à ce qu'il fasse jour. Évite de compter le nombre de tes pas. » En effet, se dit-il, Dieu est partout. Mes pas m'entraînent. Que la volonté de Dieu se fasse.

Arrivé à hauteur de la cellule d'Abba Cronios, il hésita. Partirait-il sans lui dire adieu d'une façon ou d'une autre ? Il continua sa route. L'abba ne se formaliserait pas. Dieu amène les disciples, Dieu les disperse.

Il sentit une étoffe sous son pied et se pencha. C'était un vieux manteau, abandonné par un des moines. Il prit le manteau dans ses mains. Il faisait si froid. Ce manteau lui serait utile. Le vieillard ne l'avait-il pas laissé là pour qu'on le prenne ? Macaire s'en couvrit les épaules.

Il atteignit la déclivité qui marquait la fin du plateau où les moines avaient construit leurs cellules. Il avança prudemment. La paroi était à pic. Dans la pénombre, il distingua un des hypogées et frissonna en pensant à ce qu'étaient devenues les âmes des vieux Égyptiens qui y avaient enterré leurs morts, peignant sur les murs des déesses et leurs corps si excitants qu'il s'était toujours gardé d'allumer sa lampe à huile. Du reste, Abba Cronios la lui avait confisquée.

En bas, la vallée était un gouffre noir. Il songea aux trois morceaux de pain qu'il laissait dans sa cellule. Il ne voulut pas retourner en arrière pour un peu de nourriture. Plus tard, il trouverait des plantes, des fruits. Il commença à descendre. Il se souvint des autres voyages de nuit qu'il avait effectués. Cette fois il n'avait pas peur. Il savait ce qu'il faisait, même s'il ignorait encore où il irait. Dieu le poussait. « Il faut que j'aille là où personne ne me connaît », se disait-il. Le plus grand péché aurait été de penser : « Je veux retourner chez moi et retrouver les miens. » Abba Cronios était devenu comme un père pour lui, Abba Paul aussi.

Il croyait aux signes : le manteau était un signe. Il le serra encore plus fort autour de sa taille, car il était transi de froid.

Quand il atteignit le fleuve, il monta à bord d'un navire. Il tressa des cordes pour payer son voyage. Le bateau descendait le Nil. Macaire observa les déchirures d'une voile qui recevait mal le vent et pendait sans être tendue. Quelqu'un devina qu'il était moine et tous les passagers furent mis au courant. Des soldats romains se moquèrent de lui. Un homme s'approcha et lui demanda de le bénir. Il répondit qu'il n'en était pas digne. La nuit venue, une jeune prostituée se glissa jusqu'à lui. Il se contenta de lui répondre qu'il n'avait pas d'argent. Elle rétorqua qu'elle ne lui en demanderait pas et que la joie du péché lui suffirait. Macaire, qui était accroupi sous une voile basse, lui dit de revenir le lendemain : « Cette nuit, je veux prier. Viens me trouver à l'heure de midi. »

Elle revint à l'heure dite, après avoir commis le péché avec d'autres hommes pendant la nuit. Macaire l'observa attentivement. Elle s'était fardé les paupières, les joues et la bouche. Quand elle s'assit à côté de lui, il sentit son parfum. Elle prit une expression ironique : « Alors, homme de Dieu, tu m'admires ? »

— Oui, dit Macaire.

Elle fut surprise.

— Je t'admire, dit Macaire, parce que je te suis très inférieur. Pour plaire à Dieu, je ne fais pas le quart de ce que tu fais pour plaire aux hommes.

Le compliment la fit sourire. Elle lui rappela pourquoi elle était revenue le trouver. Macaire lui proposa de s'accoupler avec elle tout de suite, au milieu du pont, devant les autres voyageurs. « Non, j'aurais honte ! », dit-elle.

Macaire lui fit remarquer que ce n'était pas le jugement des hommes qu'elle devait craindre, mais celui de Dieu qui était depuis toujours le témoin de ses turpitudes.

La fille blêmit comme si elle venait de recevoir une gifle :

— Pourquoi veux-tu m'humilier ?

— On n'humilie personne quand on lui parle de Dieu.

— Comment peux-tu croire à un Dieu qu'on ne voit jamais ?

— Je suis un pécheur et je ne mérite pas de voir Dieu. Mais quand je vois un être humain pur et humble, c'est comme une vision. Je ne connais rien de plus beau que de voir Dieu invisible dans un homme visible.

La fille n'osa pas lui dire ce qu'elle pensait : son dieu à elle se nommait Sérapis, et il était visible dans les temples. En plus, quand elle regardait un homme, elle ne lui demandait pas d'être pur. Malgré tout, elle éprouvait du respect envers ce moine, dont la maigreur avait quelque chose de fascinant. Il l'avait regardée plusieurs fois dans les yeux et elle avait senti ce regard pénétrer en elle.

— Tu devrais vivre, ajouta Macaire, dans le souvenir incessant du nom de Notre Seigneur Jésus-Christ. Cela seul peut te sauver. Il faut que tu aies une vie intérieure. Tu es rusée comme un serpent. Sois simple comme une colombe.

Quand le bateau arriva au dernier port

avant le Delta, la plupart des passagers descendirent à terre. Sur la rive, des chèvres grimpaient dans les arbres fruitiers et des enfants essayaient de les en empêcher.

La prostituée resta à bord, en compagnie d'un groupe de Syriens qui regagnaient Alexandrie. Macaire, depuis le rivage, lui fit un signe d'adieu au moment où l'embarcation allait repartir. Elle cria au travers de ses mains en porte-voix :

— Tu es un saint ! Dis-moi comment je dois faire pour être sauvée !

Macaire répondit :

— Quitte ce bateau.

Un vent furieux soufflait. L'eau était limpide mais froide. Elle hésita à plonger et supplia les hommes d'équipage de retarder leurs manœuvres. Elle descendit sous leurs quolibets. L'un d'eux s'enhardit et la caressa dans le dos. Elle se retourna et lui griffa le visage. Le marin la poussa. Elle tomba dans l'eau. Son coffret à bijoux lui échappa des mains et disparut dans la vase. Elle mit du temps à le retrouver et sortit de l'eau en pataugeant. Le premier mouvement de Macaire fut de lui porter secours mais il ne voulait pas toucher un corps de femme. Il l'attendit. Elle rajusta son foulard et posa sur lui des mains froides comme la glace. Elle le supplia de la réchauffer. Il s'exécuta, en évitant tout contact direct avec la peau nue de la fille.

Il fut bien embarrassé quand elle voulut rester avec lui. Elle le supplia : « Je serai comme un chien, je m'éloignerai quand tu me diras de m'éloigner, et je reviendrai quand tu m'appelleras. Je comprends que tu n'aies pas envie de te montrer avec moi, mais moi, qu'est-ce que je vais devenir ? »

Elle avait faim. Macaire lui expliqua ce qu'était le jeûne. Elle lui demanda si Dieu exigeait réellement tout cela. Il ne répondit rien. Elle se fâcha et fit mine de le quitter. Il continua son chemin. Elle le poursuivit : « Comment dois-je faire pour être sauvée ? »

— Quitte-moi, quitte les hommes.

Macaire était prêt à convertir cette femme, si Dieu le voulait, mais il ne tenait pas à ce que le démon se serve d'elle pour l'entraîner dans la fornication. Il courut le plus vite possible, se retournant de temps en temps pour voir s'il distançait la jeune femme. Il l'entendait qui s'époumonait et lui criait de l'attendre.

Pendant qu'il courait, il pensa qu'il ne serait plus jamais intéressé par le corps d'une femme. Il aurait voulu s'arrêter et réfléchir à cette idée. Il n'avait pas le temps : la fille l'aurait rejoint.

Il se demanda à quel danger il essayait d'échapper. Sa précipitation lui parut ridicule. Il se laissa rattraper.

Elle arriva tout essoufflée. Elle avait cru à un jeu et le visage tendu de Macaire la déconcerta. Elle lui dit : « Courir m'a réchauffée ! »

Macaire, livide, se jeta à ses pieds, bredouillant : « Pardonne-moi, pardonne-moi. — Mais qu'est-ce qui te prend ? — Pardonne-moi... » Gênée, elle le fit s'asseoir normalement. Il voulut se prosterner encore. Elle le lui interdit. Cet homme l'intriguait de plus en plus. Elle essaya de le regarder à nouveau dans les yeux. Il déroba son regard. Il n'était pas comme les autres. Il ressemblait davantage à un poète qu'à un moine.

Quelques femmes qui descendaient laver leur linge les dévisagèrent d'un air critique : « Il y a des maisons pour faire ça ! » La prostituée se rendit compte qu'elle avait les jambes découvertes jusqu'au haut des cuisses. Macaire lui raconta : « Un jour, un moine aperçut des traces de pas de femme dans le sable et il les effaça aussitôt. Son compagnon lui demanda pourquoi et il répondit que c'était pour éviter qu'un autre frère qui passerait après eux ne soit tenté. »

Une nuée d'oiseaux survola le couple en

criaillant. Macaire prononça quelques mots qu'elle n'entendit pas. D'une détente souple, elle se remit debout : « Emmène-moi avec toi. Je ne sais pas où je vais, mais toi tu as l'air de le savoir. »

Macaire lui dit alors : « Si on veut construire une maison dans le marais aux abords du fleuve et qu'on utilise de l'argile crue, la maison ne tiendra même pas un jour. Si l'argile est cuite, la maison sera solide comme un roc. C'est la même chose pour nous. Nous sommes l'argile et Dieu nous cuit. »

Elle avait tout écouté avec attention, fronçant les sourcils. La conclusion la dépita.

Elle se rapprocha :

— Mais qu'est-ce que tu fais toute la journée ?

— Je prie.

— A chacun ses envies ! L'existence des autres te laisse indifférent ?

— On ne peut pas s'occuper à la fois des hommes et de Dieu.

— Tu te crois supérieur aux autres ?

— Inférieur à tous, et indigne d'exister. J'expie mes fautes.

— Il vaut mieux vivre avec les hommes, pas au-dessus d'eux ni en dessous.

Ils restèrent quelque temps sans parler.

Macaire regardait dans le vague. Elle triturait ses bracelets. Elle s'impatienta :

— On ne va pas s'éterniser ici, j'espère. En te regardant quitter le bateau, j'ai eu le sentiment que tu pourrais m'aider à trouver une vie moins lamentable. Tu avais l'air si concentré, si solide. Mais tu es un lâche.

— Qu'à tes yeux je sois fort ou faible ne compte pas.

— Tu es lâche parce que tu fais ce qu'on te dit de faire. On t'a mis je ne sais pas quoi dans le crâne. Je connais les moines : on en rencontre partout. On leur donne des ordres, ils les exécutent. Tu ne prends pas ton existence en main.

— Tu ne connais pas les moines.

— Eh bien, deux moines sont venus me voir. Le plus vieux est entré le premier dans ma chambre. Puis il est parti sans me toucher. Il m'a payée pour que je ne couche pas avec l'autre.

— Quand je vois un frère en train de pécher, je me dis qu'il a été vaincu par le démon et que le démon me vaincra encore souvent, moi aussi. Personne ne veut commettre le péché, mais les démons nous abusent. Je m'en remets à Dieu, je suis dans ses mains.

— C'est une façon de t'en sortir, rien ne prouve que ce soit la bonne.

Elle arracha brusquement le foulard sale et mouillé qui lui couvrait la tête, libérant une chevelure extraordinairement longue. Du bout de l'étoffe, elle frôla le visage de son interlocuteur :

— Tu veux que je te dise des injures ?

— Un saint vieillard m'a dit : Si tu es capable de supporter le mépris et les insultes, c'est une immense vertu, qui dépasse toutes les autres.

— Dans ce cas, je suis très vertueuse.

— Bien sûr.

— Tu te moques de moi.

Ils se turent à nouveau. Au loin, des bateliers se querellaient. Le mélange de leurs voix rauques et suraiguës fit s'égailler une troupe de petits oiseaux. Une voix de femme psalmodia une mélodie sinistre et monotone.

— Elle chante parce que quelqu'un est malade, dit la fille. Ou mort. J'ai vu mourir mon mari la poitrine défoncée par le coup de sabot d'un âne. Personne ne s'est posé la question de savoir s'il avait mérité le Paradis ou l'Enfer. Il était mort. On l'a pleuré. J'ai chanté, moi aussi. Ne me dis pas qu'il est maintenant au ciel avec les anges.

— Il ne faut pas s'occuper des anges mais de ses péchés. Ne pense plus à ceux qui sont déjà morts, mais au jour où tu mourras. Demande-toi si, ce jour-là, tu mériteras le pardon ou le châtiment.

Elle tira sa tunique et se couvrit les jambes :

— Je vais tomber malade si je reste ici. Tu m'as fait perdre mon temps, tu m'as fait quitter le bateau, rater des clients, perdre de l'argent.

— Je t'ai fait penser à Dieu.

— Ton Dieu est trop lointain.

— Pourquoi as-tu quitté le bateau ? Je vais te le dire. Ce bateau, c'est le monde du péché. Tu es sortie de ce monde. Désormais, tu appartiens à Dieu.

— On ne va pas faire d'une mouche un éléphant ! Ma mère me disait : Si tu vois un homme qui s'imagine qu'il monte au ciel, attrape-le par les jambes et fais-le tomber par terre.

— Et moi je te dis : jette-toi en Dieu. Pas besoin de monter au ciel. Jette-toi en Dieu, fais-lui confiance. Toute seule, tu n'arriveras à rien. Pense à Dieu. Ne pense pas : où est-il ? Pense à lui, et il sera là, ici et maintenant.

— J'ai mon métier. Je ne peux pas,...

— On ne nourrit pas à la fois l'âme et le corps. Ton métier, Dieu te l'enlèvera. Il n'en supporte aucun. Crois-tu qu'il préfère un moine à une prostituée ? Un moine qui est fier d'être moine ne fait aucun plaisir à Dieu.

— Comme j'aimerais te croire ! Tout deviendrait plus facile.

Elle se frotta les bras pour se réchauffer et ramassa son coffret à bijoux. Ils se quittèrent. Elle retourna vers le fleuve. Macaire marcha jusqu'au village. Un vieil homme tendit une main tremblotante dans laquelle il serrait deux croûtons de pain : « Je pourrais te les donner, si ton Dieu me les rendait au centuple. »

Un fermier lui offrit des légumes cuits à condition qu'il aille d'abord traire les chèvres. Ils n'échangèrent pas un mot pendant le bref repas.

Macaire passa la nuit en prière, à genoux sur la paille de la bergerie. Une fois de plus, il se laissa distraire quelques instants et la litière pleine de crottes lui rappela le fumier sec que sa mère faisait brûler l'hiver pour qu'on ait chaud. Il s'endormit. Une chèvre qui l'examinait d'un air grave et s'apprêtait à lui lécher les joues, le réveilla en sursaut. Il rêvait du foulard que la jeune prostituée lui avait mis sur le visage la veille. Ce récent souvenir l'accablait déjà. Pour l'anéantir, il répéta plus de deux cents fois « Seigneur prends pitié de moi, pauvre pécheur ».

Encore ensommeillé, il quitta le village et prit la direction du désert, tournant le dos au fleuve et aux vergers. Il savait n'être qu'un vagabond comme mille autres, mais les autres erraient à l'aventure, tandis que lui s'efforçait de mériter le nom qu'il avait entendu prononcer, et qu'il trouvait si beau, d'athlète du Christ. Il se compara à une fourmi qui tourne autour d'une miette de pain plus grosse qu'elle et finit par savoir comment la faire bouger.

Le froid était plus mordant que la veille. L'aube arriva très vite. Il regarda ses mains et ses pieds qui se couvraient chaque jour de nouvelles ampoules et de crevasses.

Il se dépêcha de vérifier, avant qu'elles ne disparaissent, la position des étoiles. D'après ses calculs, le désert de Nitrie se trouvait à un ou deux jours de marche au nord-nord-ouest. Là-bas vivaient des centaines de moines, répartis de telle sorte qu'aucun ne puisse en voir un autre, même de loin. La semaine, ils restaient seuls dans leurs cellules et se retrouvaient le dimanche à l'église. Macaire souhaitait bénéficier de leur exemple et de leurs secours. La plupart de ces moines étaient des maîtres authentiques. Dieu leur apparaissait et leur parlait. Jour et nuit, ils récitaient les Écritures ou chantaient des hymnes. Ils commandaient aux animaux et au soleil. Ils guérissaient les malades. Certains, même, s'ils arrivaient trop tard au chevet d'un mourant, le ressuscitaient pour s'entretenir encore un peu avec lui. Ils avaient des visions et savaient à quoi ressemblaient le ciel et l'enfer. L'un d'eux avait été transporté en chair et en os au Paradis : il en avait rapporté une figue gigantesque et très parfumée. Tout cela, Macaire l'avait entendu dire par Abba Cronios.

VIII

Il traversa un cours d'eau à gué. L'eau froide le fit tressaillir. Les muscles de ses jambes se contractèrent et il eut horriblement mal. Il s'en voulut de se montrer si peu aguerri. Il se calma en observant les manœuvres de quelques oiseaux réfugiés dans une jonchaie, qui sortaient pour attraper des poissons qu'ils assommaient sur les pierres du bord avant de les avaler en entier, si vite que Macaire se demandait chaque fois où le poisson était passé.

Vers le soir, il parvint à un puits entouré d'arbustes épineux. Il se dit qu'il prierait à haute voix jusqu'au lendemain matin. Sa bouche se dessécherait. Il boirait quelques gorgées avant de repartir.

Pendant la nuit, ses lèvres se gercèrent. Il ne parvint plus à les remuer. Il continua ses prières mentalement.

Il commençait tout juste de faire jour quand

il faillit perdre connaissance. Il essaya de rattraper son aplomb mais tomba d'une masse sur le sable grossier. Il voulut interpréter cette chute comme un signe : avant qu'il ne mérite de rencontrer les saints moines de Nitrie, Dieu lui ordonnait de séjourner près de ce puits.

Il rassembla des pierres, délaya de la terre et du sable dans l'eau et construisit avec soin une cellule. Ce travail lui demanda plusieurs jours. La cellule avait un mètre cinquante de haut : il ne pourrait pas s'y tenir debout. Quand il l'eut terminée, il la jugea trop belle et prit la décision de la démolir. Il s'était trompé : il n'avait pas à rester là. Il fallait qu'il se hâte au contraire et arrive à Nitrie le plus vite possible. Il partit tout de suite.

Dans la nuit, il entendit des gazelles se battre. Elles encornaient d'autres mammifères, des hyènes peut-être, qui criaient. Il écouta de toutes ses oreilles et comprit que les hyènes avaient eu raison d'une gazelle malade. Elles lui broyaient les os avec leurs dents et la dévoraient vivante. Il perçut nettement les bruits secs. Il pensa au Christ mort sur la croix, à qui un soldat romain était venu briser les jambes. Tout en marchant (il courait presque), il se remit à prier en réfléchissant aux dernières paroles de Jésus : « Pourquoi m'as-tu abandonné ? », et « Seigneur que ta volonté soit faite et non la mienne. » Tout à coup, alors qu'il ne s'y attendait pas, il tomba en extase. Le bonheur que les hommes cherchaient imbécilement dans la vie agitée du siècle, et qu'ils ne trouvent pas, il l'éprouva brusquement. Il se sentit impassible et purifié. Il lui sembla que la colère, la tristesse, l'orgueil et le découragement ne le toucheraient plus. Il ouvrit les yeux, les ferma : cela ne fit aucune différence, l'image du Christ mort pour la rémission de ses péchés demeura dans son esprit. Tout lui parut devoir être léger et joyeux jusqu'à la fin de sa vie, puisqu'il venait enfin de renoncer à sa volonté pour laisser agir en lui celle de Dieu : « Seigneur, que ta volonté soit faite. » Il n'avait plus l'impression d'avoir un corps. Les démons prirent vite leur revanche. Des pensées troubles l'agitèrent. Il se souvint qu'il n'était pas responsable des pensées qui lui venaient. Qu'il s'y complaise et qu'elles l'entraînent dans le mal dépendait de lui. Jadis, Patermouthios lui avait fait porter des pierres. Dans le noir, il en trouva une très pesante et s'obligea à la porter jusqu'au lever du jour. Quand il fit clair, un point blanc au loin l'intrigua et il résolut d'avancer jusque-là avec la pierre.

Il dut s'arrêter de nombreuses fois. Il respirait bruyamment. Il crut distinguer quelqu'un qui dormait, sans doute un moine égaré qu'il pourrait secourir. Arrivé près du corps étendu, il se pencha : l'homme avait eu la gorge tranchée d'une oreille à l'autre.

A l'aube du deuxième jour, il fut tout à coup environné d'alouettes du désert et se dit que c'était de bon augure : Dieu l'approuvait. Vers le soir, au moment de se remettre en route, il fut pris dans une tempête de sable. Il n'était pas assez vêtu pour se protéger efficacement. Le ciel devint noir. Des oiseaux, harassés et étouffés, se butaient à lui et tombaient, morts. Le vent cessa de souffler. Le silence revint.

Il crut qu'il allait mourir de soif et marcha jusqu'au matin, en quête d'un point d'eau. S'il ne buvait pas, il n'arriverait jamais à Nitrie. Il mourrait sans avoir assuré le salut de son âme. Il voulut s'agenouiller et attendre la mort en priant avec toute l'intensité dont il serait capable. Il préféra marcher encore et espérer. S'il ratait un point d'eau dans la nuit, ce serait fini, il ne fallait pas compter en trouver un deuxième dans la journée. Il serait mort avant que la nuit ne revienne, à moins qu'il ne retourne sur ses pas et se dirige vers le fleuve. Même le fleuve se trouvait à plusieurs jours de marche. Il urina dans sa main, la porta à la bouche, aspira le liquide chaud et recracha à l'instant. Il s'était au moins débarrassé du sable qui lui collait au palais et sous la langue. Il pria encore. Dieu ne l'abandonnerait pas.

En fin de matinée, il aperçut de la végétation et un puits. Il essaya de courir. Ses jambes lui obéirent à peine. Ses rotules craquaient. Le puits était rempli de cadavres d'oiseaux. Ceux-ci, rendus fous par la soif, avaient dû se précipiter tous ensemble dans le puits et s'y noyer. Macaire en découvrir une dizaine qui agonisaient encore. Il but à son tour et s'étouffa presque. Des insectes grouillaient dans l'eau. Il n'en tint pas compte et en filtra une bonne partie avec ses dents. Il arracha toutes sortes d'herbes alentour et les mâcha.

Le voyage fut plus long qu'il n'imaginait. Le décor changea. Le sol durcit. Le désert de Nitrie était une croûte de sel. A perte de vue, la blancheur devenait de plus en plus aveuglante. De loin, les premières cellules ressemblaient à de gros blocs de sel. Des coléoptères montaient la garde : c'étaient les moines.

Ils chantaient quand Macaire les rejoignit. Il demanda d'être admis parmi eux. Ils ne lui répondirent pas et lui firent signe de les suivre dans l'église. « Que veux-tu ? », lui dit le prêtre. Macaire répondit : « Je veux aimer

Dieu. » Le prêtre, s'adressant alors à tous les moines, reprit :

— Vous ne pourrez pas aimer si vous n'avez pas d'abord haï. Il vous faut haïr le péché, sinon, quoi que vous prétendiez, vous n'aimez pas Dieu. Dieu n'aime que la bonne volonté. Ne soyez pas comme Adam, qui a désobéi, mais ressemblez à Job assis sur son fumier. Vos péchés, enfermez-les comme si vous mettiez dans un sac des scorpions et des serpents : ils finiront par s'entre-tuer.

Un moine s'avança :

— Abba, que dois-je faire ? On vient tout le temps me demander de sortir de ma cellule pour travailler. Je suis vieux et sans forces.

— Le fils de Jéphoné, dans les Saintes Écritures, a dit à Josué : lorsque je suis parti avec Moïse, j'avais quarante ans. J'en ai quatre-vingts aujourd'hui et je suis toujours aussi solide. Sois donc solide. Si on te voyait dans ta cellule occupé à pleurer tes péchés, personne ne te forcerait à sortir.

Un autre moine crut pouvoir parler à son tour mais l'Abba l'arrêta :

— Toi, je sais ce que tu vas dire. Tu parles toujours trop longtemps. Il faut fuir ceux qui discutent sans cesse.

Quelques moines sourirent entre eux, et un jeune laissa échapper à haute voix :

— Moi je suis mort au monde.

— Fanfaron ! lui cria l'ancien. Même si tu es mort, n'oublie pas que les démons, eux, ne sont pas morts.

Macaire, adossé au tronc d'un des trois palmiers qui traversaient la toiture de l'église, écoutait et observait. Au tronc de chaque arbre, il remarqua qu'on avait suspendu des fouets. Il interrogea son voisin qui lui expliqua que les fouets servaient à châtier les moines qui avaient commis un péché, les voleurs qui s'introduisaient dans la boulangerie ou dans le potager, et aussi les gens de passage : « Si tu veux être fouetté, demande-le », conclut-il.

Avant la communion, Macaire constata que plusieurs moines, dont certains très âgés, se dénudaient et se faisaient fouetter le dos et le bas des reins.

Ensuite tout le monde se dirigea vers le réfectoire, où furent servis des légumes cuits. Un ancien, assis en face de Macaire, se pencha pour lui dire : « Je vois que tu t'es durement privé. Tu es orgueilleux. Le jeûne excessif éloigne de Dieu. Humilie-toi et mange ! Je veux te voir manger deux fois plus que les autres. » Macaire lui obéit.

Le soir venu, on lui indiqua une cellule vide et il s'y installa. Macaire fut chargé de tresser des corbeilles, en échange de quoi il aurait droit à de l'eau et à de la nourriture. Cette vie lui parut douce en comparaison de celle qu'il avait menée jusqu'alors. On lui avait parlé d'un des premiers disciples du grand Antoine, qui habitait dans le monastère de l'Abba Pacôme, où vivaient neuf cents moines. Il mangeait moins qu'eux et ne dormait jamais, si bien que les neuf cents moines avaient envoyé une délégation auprès de leur supérieur, afin qu'on expulse celui dont la vie trop exemplaire les humiliait : « D'où sort-il ? Chasse-le, sinon c'est nous qui partons. Nous ne supportons plus sa perfection, car nous nous comparons sans cesse à lui. »

Macaire désirait secrètement jouer le même rôle à Nitrie. Il déchanta vite. Personne ne s'occupa de lui. On lui réclamait ses corbeilles, on lui demandait de chanter avec les autres le samedi soir, et un ancien qui l'avait pris en charge spirituellement, les rares fois où il accepta de le voir, ne lui conseilla rien d'autre que de se taire et de rester dans sa cellule.

Un jour, le moine chargé des rapports avec les marchands qui rachetaient les corbeilles et les autres travaux de ceux de Nitrie, vint apporter deux pièces d'or à Macaire : « Ceci te revient. » Ils bavardèrent quelques instants et Macaire, pris d'une curiosité soudaine, lui demanda comment il traitait avec les marchands. Le moine lui dit : « Je connais le prix exact des choses et je demande un peu moins. »

Gêné par la présence des deux pièces d'or dans la cellule, Macaire alla trouver l'ancien qui le guidait : « Je n'ai pas envie de garder ces pièces, à moins qu'elles ne me servent à payer un médecin quand je serai vieux et malade. — Eh bien, garde-les donc », lui répondit l'ancien.

Rentré dans sa cellule, il soupçonna l'ancien d'avoir voulu l'éprouver. Il retourna le voir : « Abba, ces deux pièces d'or me troublent. — Tu m'as dit que tu n'avais pas envie de les garder, mais j'ai vu que tu te mentais à toi-même. Alors je t'ai dit de les garder, mais il n'est pas bon de garder quoi que ce soit. Le vrai trésor du moine, c'est sa pauvreté. Si tu gardes ces pièces, tu vas finir par y penser tout le temps et si on te les vole, tu te mettras en colère et Dieu t'abandonnera. Si quelqu'un perd deux pièces d'or, il pourra toujours en retrouver d'autres, mais s'il perd une occasion de prier, cette prière sera perdue à tout jamais. » Macaire fit une métanie et rentra dans sa cellule. Il avait été tenté. Le démon, ne reculant devant rien, s'était servi de la visite d'un autre moine pour l'ébranler. Il se décida à se taire pendant quelques mois et ce silence le fortifia.

Il reçut le don des larmes et pleura souvent. « Je pleure mes péchés, se disait-il. Si tous mes péchés devenaient visibles, les moines qui m'entourent ne suffiraient pas à les pleurer. »

Il changea de cellule et alla à l'autre bout du désert de Nitrie, où les constructions étaient plus anciennes et moins bien faites. Il choisit une cabane sans toit et y vécut comme un étranger, n'allant même plus à la messe. Ce fut un autre moine qui vint lui apporter les palmes et réclamer les corbeilles. Ce moine le prit pour un nouvel arrivant et ne lui adressa jamais la parole, lui lançant à la figure des corbeilles qu'il estimait mal tressées. Macaire recommençait le travail qu'il avait fait exprès d'expédier sans soin, afin d'être traité dédaigneusement.

Chaque jour, il luttait contre la dispersion de son esprit. Il voulait qu'il n'y ait au monde que lui et Dieu.

IX

Macaire passa plus de vingt ans dans les déserts de Nitrie et de Scété. Il devint fameux.

Quand les gens, venus de loin, cherchaient à le voir et frappaient à sa porte, il ouvrait à genoux et se prosternait devant eux, se jetant face contre terre, ajoutant que son maître Macaire était absent et que lui n'était qu'un mendiant de passage. Déçus, les visiteurs lui tournaient le dos et il se remettait à prier et à travailler.

Un jour, un homme connu pour ses débauches vint au monastère, attiré par la réputation de Macaire. Il voulut le ridiculiser et le traita d'imposteur, d'ivrogne, de bête puante. Macaire lui répondit :

— Tu dis cela en ne voyant de moi que l'extérieur. Que n'aurais-tu pas à ajouter si tu voyais mon âme.

Le débauché, qui souhaitait faire un esclandre, comprit qu'il n'y arriverait pas et s'éclipsa. Macaire apprit que, par la suite, il s'était converti.

Plus tard, un jeune homme vint le trouver. Il arrivait d'Alexandrie et voulait devenir son disciple. Macaire lui dit : « Commence par faire tout ce que je t'ordonnerai. Assieds-toi là. » Il le laissa attendre jusqu'au soir devant la porte de sa cellule. Quand il l'entrebâilla, le jeune homme, impatient, se leva pour s'entendre dire : « Je te demande de ne plus jamais chercher à me voir. »

A un autre, qu'il accepta près de lui pendant tout un hiver, il donna le manteau qu'il avait ramassé la nuit où il avait quitté Abba Cronios et les autres vieillards. Ce manteau tombait en loques. Le disciple fit la grimace. Macaire lui dit : « Si personne ne veut de cette guenille, c'est qu'elle est assez bonne pour toi. » Il ajouta : « Traite tes pensées comme on a traité ce vêtement. » Ces jeunes moines l'agaçaient, à la fin. Il se demanda s'il fallait vraiment les menacer et les remettre à leur place. Ne suffisait-il pas de glorifier Dieu sans cesse ? Les imparfaits seraient rejetés par le désert lui-même, sans qu'il soit besoin d'intervenir.

Un dimanche, le prêtre qui donnait la communion aux moines refusa qu'un frère s'approche du sacrement, révélant que ce frère était pécheur et forniquait avec un autre frère. On le chassa hors de l'église. Macaire se leva et sortit aussi. On le rattrapa : « Je suis peut-être encore plus pécheur que lui, il m'a semblé que vous m'enleviez le droit de rester dans cette église. »

Un autre frère vint déranger Macaire en pleine nuit. Il voulait lui confier une certaine somme d'argent qu'il avait peur qu'on lui vole. « Pourquoi ne te débarrasses-tu pas de cet argent en le donnant au premier venu ? », s'étonna Macaire, qui lui raconta cette histoire : « Un homme voulut devenir moine, vendit tous ses biens et distribua l'argent aux pauvres, mais il en mit de côté et l'emporta avec lui lorsqu'il rejoignit notre Père Antoine près de Pispir. Abba Antoine découvrit l'argent dissimulé sous une roche et appela l'homme : " Si tu veux être un vrai moine, va donc au village et achète de la viande, la meilleure. Ensuite, déshabille-toi et attache les morceaux de viande tout autour de ton corps, en guise de vêtement. Et puis reviens. " L'homme partit et revint le lendemain soir, en sang, le corps déchiré : les chiens et les chacals l'avaient déchiqueté à belles dents en arrachant la viande qu'il avait serrée contre ses

135

côtes et ses cuisses. Abba Antoine le considéra et avant de lui confier un onguent pour soigner ses plaies, il lui dit que son âme était semblable à son corps, déchiquetée par les démons, et que tout cela arrivait parce qu'il aimait l'argent. »

— Le moine ne doit rien posséder, conclut Macaire. La possession est ce qu'il y a de pire. Je pourrais te dire : tu verras plus tard. Je te dis : comprends-le tout de suite.

Macaire abandonna le monastère, où il avait cru se fixer, peu après la visite de l'évêque d'Alexandrie, qui arriva avec d'autres prélats. Ils avaient entendu parler de Macaire. Quand il apprit qu'on parlait de lui, Macaire devint furieux. Au surplus, l'arrivée de l'évêque dissipa les moines. On posait des questions sur les conciles et sur les hérésies. On demandait si certains étaient rentrés d'exil, si d'autres vivaient toujours.

Quelques moines vinrent trouver Macaire et lui dirent leur désarroi : comment fallait-il recevoir ces gens ? Il convenait de les honorer, mais fallait-il renoncer à l'abstinence et préparer pour eux des repas plus substantiels ? Macaire les fit entrer dans sa cellule, prit à l'extérieur des bottes de joncs qu'il leur proposa en guise de sièges et leur dit d'attendre en silence. Il ressortit et revint cinq minutes plus tard, vêtu de haillons. Il avait enfilé une vieille tunique de poils de chèvre, trouée et puante. Il les regarda et se laissa regarder puis reprit la porte. Il se livra au même manège dix minutes après, couvert d'un somptueux manteau de soie bleue qu'il était allé emprunter. Il disparut et revint enfin s'installer parmi eux, habillé comme d'habitude. Tout le monde se taisait. Macaire intervint :

— Vous avez vu.
— Oui.
— Est-ce que la loque sale me changeait ?
— Non.
— La soie précieuse m'allait-elle mieux ?
— Non.
— Donc, je suis resté le même. C'est ainsi qu'il faut se comporter lorsque nous avons des visiteurs. Allez, vous m'avez fait perdre assez de temps. Préparez-leur à manger. Il est écrit : Rendons à César ce qui est à César, et à Dieu ce qui est à Dieu.

Macaire refusa d'aller s'asseoir à table avec eux. Il leur dit qu'ils étaient assez nombreux sans lui. Comme ils insistaient, parce qu'ils étaient fiers de lui et avaient prévu de le mettre à la même table que l'évêque, Macaire se fâcha :

— Regardez-vous ! Vous êtes ceux que le

Sauveur a choisis pour accomplir des miracles. C'est grâce à vous que la date de la fin du monde a été reculée. C'est grâce à vous que le genre humain conserve un semblant de valeur au regard de Dieu. Du moins, c'est ce que vous pensez. Et regardez-vous ! On dirait des enfants qui courent après les poules pour le plaisir de les entendre glousser.

La nuit descendait. Dans la pénombre, la silhouette efflanquée de Macaire se découpait sur le mauve du ciel, menaçante. Les moines s'en allèrent un à un vers le réfectoire. Là, ils se recouvrirent des vastes capuchons qui dérobaient à la vue des autres non seulement leur visage mais aussi les assiettes, afin que nul n'ait la tentation de jeûner ostensiblement. Macaire leur avait imposé cette coutume, depuis longtemps en usage dans les monastères fondés par l'Abba Pacôme près de Tabénessi en Thébaïde. Il avait fallu empêcher que les moines puissent vérifier ce que les autres mangeaient ou ne mangeaient pas. Ils ne jeûnaient plus en vue de leur avancement spirituel, mais dans un esprit de compétition, et se détruisaient stupidement la santé.

Resté seul, Macaire pria. Un moine qui n'était pas parti avec les autres s'approcha de lui :

— Père, aide-moi.

— Parle-moi et je t'aiderai.

— J'ai vu ce matin Abba Or. Je lui ai dit comme à toi : Aide-moi. Je n'arrive pas à me débarrasser de pensées impures qui me poursuivent nuit et jour. Je rêve de femmes nues et je crois même les voir dans ma cellule. Je tends la main pour les toucher. Abba Or m'a répondu : Pourquoi permets-tu à des femmes nues d'entrer dans ta cellule ? Souffle sur ces images et elles disparaîtront.

— Abba Or est un saint que Dieu attend avec impatience pour l'asseoir à ses côtés. Il croit que tout le monde est comme lui. Il est à cent lieues d'imaginer que toi et moi sommes journellement tentés par la fornication. Calme-toi. Si tu mangeais deux galettes de maïs, n'en mange plus qu'une, si tu en mangeais une, n'en mange plus qu'une demie. Ne bois plus pour apaiser ta soif mais contente-toi d'humecter tes lèvres. Crains de connaître le sort d'un frère que le démon poussa à bout et finit par persuader d'aller voir des prostituées. Pendant qu'il commettait le péché, il vit un anthrax apparaître sur son gland même. Un autre s'estima plus heureux, mais commença de souffrir dès le lendemain : il ne pouvait plus uriner sans avoir l'impression qu'on lui entrait de fines aiguilles dans le sexe. Il devint fou et disparut dans les montagnes.

Enhardi, le moine demanda :

— Puis-je devenir ton disciple ?

— Et tu crois qu'on choisit ? Tu ne seras jamais mon disciple. Sache que tu n'as pas à choisir ton maître. Un jour tu le rencontreras. Ta volonté n'a pas à intervenir. Laisse-moi. Ne cherche rien. Va en paix. Veille à ce que ton esprit ne s'éloigne jamais de Dieu.

Comme le jeune moine ne s'en allait toujours pas, Macaire le pria d'écouter cette histoire :

— Moi aussi, j'ai été assailli par des pensées impures et j'ai accueilli les images d'une femme dont je me souvenais. Le démon me suggérait de tout abandonner, de rentrer en ville et de me mettre avec une femme. Alors je suis sorti de ma cellule, j'ai pris de la terre, j'en ai fait de la boue et j'ai modelé une statue de femme. Je me suis dit : Macaire, tu as trouvé une femme. Maintenant, il faut que tu travailles pour la nourrir. Et j'ai travaillé deux fois plus qu'avant. Ensuite, j'ai encore pris de la boue et j'ai modelé la statue d'une fillette et je me suis dit : Macaire, toi et ta femme vous venez d'avoir un enfant. Il faut travailler encore plus durement pour subvenir aux besoins de ton enfant. Et je n'ai plus dormi ni trouvé du temps pour la prière. Mes jours et mes nuits devenaient pour moi l'abomination de la désolation. Je ne supportais plus cette vie abrutissante, sans calme et sans oraison. Et je me suis dit : Si tu ne peux plus supporter cette vie, renonce à penser aux femmes. Les démons cessèrent de me tourmenter.

Le moine baissa la tête et avoua :

— Les démons font de moi ce qu'ils veulent. J'ai tout le temps envie de toucher mon sexe. J'ai ramassé des cailloux qui sont dans ma cellule. Chaque soir je m'assieds à côté de ces cailloux et je prends deux corbeilles. Je me rappelle les pensées que j'ai eues dans la journée. Pour chaque bonne pensée, je jette un caillou dans la corbeille de gauche, et pour les mauvaises pensées, dans l'autre. Après, je compte. Si les cailloux sont plus nombreux dans la corbeille des mauvaises pensées, je ne mange pas. Depuis quelques jours, je n'ai même plus besoin de compter les cailloux : la corbeille de gauche reste vide, et je ne mange plus.

Entendant cela, Macaire se prosterna devant le jeune moine et lui dit : « Je me considère comme ton disciple. »

A ce moment arrivèrent d'autres moines, qui se dirigeaient, en retard, vers le réfectoire. Ils demandèrent eux aussi à Macaire pourquoi il s'abstenait de paraître à ce repas. Macaire s'expliqua :

— Il paraît que cet évêque souhaitait me voir. Si mon absence ne l'édifie pas, comment pourrait-il l'être par ma présence ?

Les moines ne comprirent pas. Macaire leur donna une deuxième explication :

— S'il n'est pas édifié par mon silence, comment pourrait-il l'être par mes paroles ?

Il les écarta. Ils écoutèrent le bruit de ses pas qui résonnaient sur la couche de terre salée et durcie.

Rentré dans sa cellule, Macaire eut soudain la vision de saint Jean-Baptiste qui criait dans le désert pour annoncer la venue du Christ : « Il faut qu'Il grandisse et que je diminue. » Toute la nuit, il médita sur la vie du Baptiste, décapité, enterré, déterré et brûlé.

Sa décision fut prise à l'aube : il était temps qu'il vive complètement seul. Il ne cuirait plus sa nourriture et s'accommoderait d'herbes crues. Il n'aurait plus à regarder des visages humains et chercherait à regarder Dieu en face. Il espérait que Dieu, Lui aussi, le regarderait.

Il s'apprêtait à partir pour toujours quand un moine vint frapper à sa porte :

— Abba Macaire, je possède trois livres de grande valeur. Je les prête à tous les frères. Ils les lisent et s'en trouvent édifiés. Je ne possède rien d'autre.

— C'est très bien de faire circuler ces livres, mais ce serait encore mieux de ne rien posséder. Va donc les vendre et tu feras distribuer l'argent aux pauvres.

Macaire quitta ensuite sa cellule pour toujours, sans prévenir personne.

X

Depuis des années, il savait que sa vraie vocation était la solitude, mais il savait aussi que celui qui va habiter seul dans le désert doit être un maître et que celui qui a encore quoi que ce soit à apprendre doit fuir la solitude, car elle le ferait périr.

Pendant ces vingt ans, il avait voulu s'éprouver. Il trompait son désir. Il se disait : « Je quitterai cet endroit après l'hiver. » Il attendait l'été et se disait : « Je quitterai cet endroit après l'été. » Chaque fois, il se persuadait : « Cette fois-ci est la bonne. » Il se mortifiait et tuait en lui l'espoir.

Il quitta Nitrie et marcha pendant deux jours dans une grande exaltation. Il n'avait rien emporté, sauf deux pièces d'or pour faire l'aumône si l'occasion s'en présentait.

L'endroit qu'il cherchait serait celui où il attendrait que la mort vienne le prendre.

Un vent furieux le poussait en avant. Il aurait bientôt soif mais ne s'inquiéta pas. Si Dieu avait besoin de lui, il mettrait un puits sur sa route. Sinon, il accepterait avec joie de mourir de soif. Plus tard, en effet, il aperçut un puits. Dieu l'encourageait.

— A ce rythme, pensa-t-il, je vais rapidement m'épuiser. Le soleil tape fort. Je ferais mieux de rester à l'ombre et d'attendre la nuit pour marcher. Les étoiles me guideront. Il ne faudrait pas que je me perde et que j'arrive dans un village.

Il se rappela l'existence de guides aveugles qui se servent uniquement de leur odorat pour s'orienter dans le désert.

Il contourna des falaises de grès et découvrit les restes de deux temples d'époques différentes. Il pénétra dans les ruines. Des murs de briques crues avaient été construits entre les colonnes après la désaffection des temples. Il s'arrêta dans l'ombre et pria, immobile, heureux de prononcer pour la première fois le nom du Dieu unique dans cet espace où avaient dû retentir des chants dédiés à la déesse Hathor, au dieu Ptah, au dernier pharaon dont on ait écrit le nom en hiéroglyphes.

Il partit à la découverte et découvrit la statue d'un dieu à tête de crocodile. Il la considéra longuement et avec respect : tant d'êtres humains étaient sans doute venus l'implorer au cours des âges. La taille de la statue l'impressionna : il avait beau être très grand lui-même, ses yeux n'arrivaient même pas à la hauteur des genoux du dieu de pierre.

Le soleil avait tourné et éclaira latéralement les fortes mâchoires du dieu dont Macaire se rappela brusquement le nom : Sobek. Il crut à un maléfice, car ce nom lui rappelait aussi la voix de sa sœur qui le prononçait. Ils n'avaient jamais entendu parler de Dieu à cette époque. Ils étaient comme des animaux.

Macaire se secoua. Ces enfantillages ne signifiaient plus rien pour lui. Il cria au démon : « Tu perds ton temps ! » Il s'emporta, ramassa des pierres et les lança contre la statue.

— Cette statue me donne une leçon ! Elle reste impassible. Ni le temps ni les passions ne l'atteignent. Elle n'a pas de souvenirs.

Il chercha un coin où s'installer pour la nuit. Il était résolu à prendre un peu de repos. Il trouva un mur auquel il pourrait s'appuyer. Il avait appris qu'il ne sert à rien de trop fatiguer son corps et de le broyer à force de privations, car ce manque de retenue finit par éloigner de Dieu.

Il s'adossa à un pilastre et, fermant les paupières, s'endormit. Des corbeaux bruns nichaient au-dessus de lui. Il avait calé ses pieds dans une épaisse couche de crottes de chèvres qui masquait un pavement de mosaïques. Il fut réveillé bien avant le jour : son corps glissait le long de la pierre lisse. Il aurait pu s'asseoir et tâcher de se rendormir. Il préféra repartir avant qu'il ne fasse chaud. Il déracina quelques herbes qu'il mastiqua en marchant.

Le jour d'après, il pénétra dans une gorge qui s'ouvrait au milieu de colonnes rocheuses noires et brillantes comme si elles étaient vernissées. Des pierres plates brisées en morceaux sous l'effet des changements brusques de température jonchaient le sol et lui blessèrent grièvement la plante des pieds, rouvrant des cicatrices.

Un énorme bloc de granit obstruait le passage. Il l'escalada. Arrivé en haut, il découvrit de l'autre côté un homme hirsute, d'une laideur dégoûtante, qui broutait des tiges flétries, à quatre pattes comme un ruminant et marqué par un amaigrissement extrême. Macaire crut d'abord que c'était une sorte inconnue de sauterelle géante.

Il l'observa et dut se résoudre à descendre de

son rocher. Il sauta et tomba presque sur le vieillard squelettique qui vivait nu, loin de toute trace de vie humaine. Hagard, celui-ci prit la fuite et Macaire courut derrière lui. Il le rattrapa une première fois, parvint à l'agripper par les cheveux mais l'autre se dégagea et lui mordit le poignet. Macaire s'égosillait derrière lui :

— Attends-moi ! C'est pour l'amour de Dieu que je cours derrière toi !

Sans se retourner, le vieux hurla, comme si on l'écorchait :

— Moi, pour l'amour de Dieu, je te fuis !

Macaire se demanda s'il n'était pas en train de courir derrière une apparition diabolique. Il cria encore :

— Est-ce que tu es le diable ? Réponds-moi !

— C'est toi qui es un envoyé du diable !

On n'entendait plus que les halètements des deux hommes. Dans la course, leurs talons faisaient éclater des plaquettes de limon durci.

Le vieux courait étonnamment vite. Macaire s'empêtrait dans sa tunique. Il fit halte pour se débarrasser de son vêtement.

Le vieux continuait de courir droit devant lui, à une vitesse effarante. Quand il se retourna et s'aperçut que Macaire était tout nu, il s'arrêta.

— Dès que tu as abandonné cette tunique qui venait du monde, je t'ai attendu.

Suffoquant et pantelant, Macaire ne trouva pas assez de souffle pour lui répondre. Le soleil lui cuisait les épaules, le dos et le haut des cuisses. Ils restèrent un long moment l'un en face de l'autre, sans se regarder.

Macaire put enfin articuler :
— Seigneur, prends pitié de nous, pauvres pécheurs.

Le vieux sursauta :
— A qui t'adresses-tu ?
— A Notre Seigneur Jésus-Christ.
— Et qui est-il, celui-là ?
— Le Fils de Dieu.
— Toi aussi tu es le fils de Dieu. Le Christ a manifesté une puissance divine que nous possédons tous. Il a atteint une perfection qui est tout à fait à notre portée. Je ne crois pas à la fin du monde, je crois qu'un jour tous les hommes seront, sur cette terre, semblables au Christ. Si du moins ils en ont le courage. Le courage, pas la force.

Macaire battit en retraite :
— Je ne suis pas un théologien.
— Il t'arrive de prier ?
— Sans cesse.
— Je te le dis : si tu pries, tu es théologien.

Il n'existe ni religions ni dogmes. Le Dieu que tu cherches, c'est toi. Si tu cherches Dieu ailleurs, la route sera longue et stérile. Regarde cet arbuste. Il porte des épines, ne fleurit pas, n'a jamais abrité une gerboise ou nourri une guêpe. Il est inutile. Cet arbuste inutile pense sûrement qu'être inutile lui est très utile. Qui lui veut du mal, qui le dérange ? Personne. Et moi, tu te permets de venir me déranger ! Moi qui n'ai pas vu un visage humain depuis trente ou quarante ans !

Macaire réfléchit et ouvrit la bouche pour objecter quelque chose. Il changea d'avis et s'agenouilla :

— Dis-moi une phrase qui me sauvera, implora-t-il.

Le vieux le rudoya :

— Debout, faible d'esprit ! Je ne vais pas me laisser prendre à tes simagrées. Tu t'es enfoncé dans le désert, tu as pratiqué l'ascèse. Il suffit que je regarde ton corps pour savoir que tu es très avancé sur le chemin de la maîtrise. Maintenant, cesse d'être un homme. Ne parle plus du tout. Fuis les autres hommes et tu seras sauvé.

— Je ne fais rien d'autre, et pourtant je ne suis pas sûr de mon salut.

— On t'a répété mille fois de fuir les hommes. Et dès que tu me vois, tu me cours après !

— Père, réponds-moi : comment as-tu fait pour survivre ici ?

— Je recueille la rosée du matin. Je suis devenu si peu de chose que la mort ne s'intéresse pas à moi. Elle m'a oublié. Regarde mon ventre : il est enflé, c'est par lui qui je mourrai. J'abandonnerai cette guenille aux hyènes mais moi je suis immortel !

Macaire observa le corps du vieillard. En le poursuivant, il n'avait vu que ses cheveux tout emmêlés qui tombaient jusqu'aux genoux. De face, il était écœurant. Sa peau recuite suffisait à peine à recouvrir les os qui la transperçaient. Il n'avait plus rien d'humain, même pas la voix, une voix de tête qui le contraignait à glapir comme un échassier. Macaire pensa qu'un jour il ressemblerait à cet homme. Il s'en effraya. Il se souvint des cadavres desséchés de crocodiles et d'ibis qu'il avait découverts en déroulant les bandelettes des momies pendant les quelques semaines où il avait pillé des tombes. Cet homme-chien devant lui était-il la réponse chrétienne au dieu-crocodile des anciens Égyptiens ?

Le vieux devina ses pensées :

— Tu penses que je suis fou ? Dis-le, puisque je vois que tu le penses.

— En vérité, oui.

— Si tu soupçonnais ce que j'ai enduré dans le but d'arriver à cette folie ! Tu voudrais que j'y renonce aujourd'hui parce que je te rencontre ? C'est toi qui es fou ! Je te le répète : Dieu, ce n'est pas cela qu'il faut chercher. Tu as perdu ton temps. Non ! On ne perd jamais son temps ! Mais Dieu te perdra et comprenne qui pourra !

Il se remit à quatre pattes et disparut prestement dans une des anfractuosités qui lui faisaient face. Ses genoux étaient cornés comme des sabots.

Macaire alla s'asseoir à l'ombre avant de poursuivre sa route. Il chercha dans le ciel un oiseau qui lui donnerait l'espoir de trouver de l'eau.

Il marcha pendant des jours, à la recherche d'un lieu où il puisse se fixer et se préparer à mourir. Il s'habitua vite à vivre nu. Il imaginait Dieu en face de lui et lui parlait, sans attacher d'importance aux mots qu'il utilisait. C'étaient toujours les mêmes, d'ailleurs.

De temps en temps, il arrachait des croûtes à ses plaies et les regardait en les mettant entre son œil et le soleil. Il y voyait des visages dessinés par les lignes rouges et brunes. Il se disait aussi : « C'est mon âme que je vois là-dedans, déplaisante et abominable. »

XI

Il déboucha dans une sorte d'oasis. Il chercha le point d'eau ou la source intermittente qui arrosaient ces plantes et ces arbres, et découvrit le marais de Guébélinn. Habitué aux odeurs les plus répugnantes, il se boucha quand même le nez.

Il longea le marais. Des essaims de moustiques tournoyaient sur les bords.

A la surface de l'eau putride, des milliers de moustiques qui venaient d'éclore attendaient que leurs ailes sèchent, attachés aux enveloppes vides de leurs nymphes qui flottaient comme autant de pustules sur l'immense épiderme à quoi Macaire compara le marais qui s'étendait à perte de vue.

Des femelles, excitées par la présence du moine, voraces et altérées du sang qui leur permettrait de former leurs œufs, le piquèrent sans relâche. A chaque piqûre, une gouttelette de venin s'introduisait dans le sang de Macaire, dilatait les vaisseaux et permettait aux moustiques d'aspirer davantage de liquide. Leur salive, dans le même temps, empêchait le sang de se coaguler, afin qu'un caillot inopportun ne vienne pas boucher le conduit de leur trompe.

Macaire voulut courir. Il n'avait plus beaucoup de force. Il lui fallait éviter à tout prix de tomber et de devenir la proie immobile des insectes suceurs de sang.

Il fut rapidement couvert de boutons. Il regarda ses cuisses : les boutons ressemblaient déjà à des abcès furonculeux.

Il ne perdit pas courage et dépassa le marais. Il étouffait. Il marcha jusqu'au soir, se traînant et finissant par ramper sur une caillasse hostile. Il put saisir deux ou trois plantes sauvages qu'il dévora, feuilles et racines. Sa vue devint trouble. Il crut voir passer une compagnie de sangliers et essaya d'attirer leur attention. Il pensa qu'une des femelles aurait pu l'allaiter. Ses mains auraient voulu pétrir les pierres qui lui opposaient inexorablement leur dureté.

Il fut réveillé en pleine nuit par une série de caresses sur tout son corps. Il entrouvrit les yeux et demanda qu'on le laisse tranquille. Une voix prenante lui parlait à l'oreille : « Je suis le Christ, ton Sauveur. » Il murmura quelque chose d'inaudible. Il ne ressentait qu'une envie : se gratter. Son dos surtout lui démangeait. La voix reprit, d'un ton égal : « Macaire, je suis le Christ, relève-toi, je suis ton Sauveur. »

Il gisait sur le ventre et se retourna. Le frottement de sa peau sur les cailloux lui fit du bien.

— Macaire, pourquoi n'ouvres-tu pas les yeux pour me voir ? Je suis le Christ.

Il tressaillit et voulut bondir, mais ne parvint qu'à donner des coups de pied dans l'air :

— Quoi ? Qu'est-ce que...
— Le Christ, Macaire.
— Ce n'est pas sur cette terre que je veux voir le Christ, mais dans l'éternité. Va-t'en !

A ces mots, le démon s'éclipsa. Macaire se rendormit. Par la suite, il s'installa à quelques heures de marche du lieu où il fut tenté. Il découvrit un creux dans un rocher et il en fit sa cellule. Une végétation suffisante poussait alentour. En se dirigeant plus au sud, il trouva un puits peu profond. L'eau était fraîche, mais très salée.

Macaire chercha à quoi il s'occuperait. Il ne voulait pas mener la vie d'un pur esprit. Il souhaitait travailler. Les quelques palmiers rachitiques qui l'entouraient ne lui fourniraient jamais de quoi tresser ne fût-ce qu'une corbeille. Du reste, qu'en ferait-il, de cette corbeille ? Elle ne servirait à rien. Il préféra transporter des pierres. Il passa trois mois à faire passer la plupart des pierres qui se trouvaient à gauche de sa cellule de l'autre côté, puis le contraire. Il n'en prenait qu'une à la fois, déplaçant les plus lourdes millimètre par millimètre. Les plus petites, il les tenait avec précaution dans le creux de sa main et les déposait le plus loin possible, parfois à une heure de marche. En même temps, il priait. Il avait renoncé aux psaumes, car il était tenté de les chanter. Au surplus, les paroles en étaient trop belles, et lui rappelaient l'existence de la poésie. A Nitrie, on lui avait dit qu'un poète habitant la Nouvelle Rome s'était permis de traduire les Évangiles en vers latins, parce qu'il jugeait les textes originaux sans grâce.

Un jour, il eut le pied piqué par un moustique. Il entra dans une violente colère, écrasa l'insecte et voulut aussitôt se punir. L'énergie qu'il avait dépensée en se mettant en colère était du vol pur et simple, car toute son énergie appartenait à Dieu. Il résolut d'aller s'exposer pendant quarante-huit heures aux piqûres des moustiques du marais de Guébélinn.

Il partit immédiatement et marcha pendant sept heures. Cassé par l'âge et les privations, il n'avançait pas vite. A peine arrivé, il releva ses cheveux sur la tête afin que la nuque reçoive sa part de piqûres. Il se précipita dans l'eau, faisant fuir un busard dont il suivit des yeux le vol bas. Il s'immobilisa au milieu du marais, où l'eau lui montait à mi-cuisse. Des araignées d'eau s'agglutinèrent dans les poils de ses jambes. Il se décalotta et présenta son gland aux insectes, puis leva les mains dans un geste de prière.

La fièvre se déclara presque immédiatement, une fièvre qui n'était pas toujours mortelle mais qui laissait derrière elle des troubles tenaces. Il ferma les yeux et imagina que tous ses péchés se tenaient en équilibre sur sa tête. Leur poids lui sembla si lourd qu'il pensa défaillir. Il balbutia le nom du Seigneur pendant toute la nuit.

Le lendemain, quand le soleil fut au zénith, il entendit une voix stridente : « Je suis l'archange Gabriel, dépêché par ton Sauveur pour t'arracher à ce marais infect. »

Rassemblant ses forces, il murmura :

— Tu dois te tromper. On a dû t'envoyer vers un autre que moi et tu as fait fausse route, car je ne suis pas digne d'être visité par un ange.

Démasqué, le démon rit de façon stupide et rentra dans l'eau d'où il était sorti.

Macaire ne bougea plus. Ses yeux s'étaient fermés tout seuls. L'inflammation de ses paupières le mettait au supplice. Dans la nuit, des carnassiers, qui rôdaient, aboyèrent.

Macaire avait cessé de prier. Dans l'hébétude, il attendait, pour s'en aller, que le soleil se lève.

Il partit en marchant à quatre pattes et rejoignit ses rochers. Il s'assoupit dans un renfoncement. La soif le réveilla. Il marcha vers le puits, qu'il ne trouva pas dans le noir. L'ayant dépassé depuis longtemps, il entendit le murmure d'une source et au même moment se rendit compte qu'il marchait dans de l'eau. Il s'allongea pour boire et ne put se relever. Il s'endormit malgré l'eau qui lui coulait dessus.

Il rêva qu'il jetait des cailloux dans l'eau mais que ces cailloux n'atteignaient pas le fond et flottaient à la dérive. Il rêva aussi d'un ange qui vint lui dire : « Ne crois pas que tu es en train d'accomplir des choses importantes. Dans ce désert, imagine-toi plutôt que tu es un chien qu'on tient à l'écart et qu'on attache de peur qu'il ne morde. »

En se réveillant, les paupières collées, il se rappela que celui qui pense du bien de soi se livre aux démons.

XII

Il se redressa et considéra le paysage autour de lui. Ses regards presque hébétés se promenaient le long du mince filet d'eau qui allait se perdre dans le sable au-delà des falaises de grès orangé qui barraient l'horizon. De l'autre côté, des quartiers de roche, rendus friables par la sécheresse, environnaient la source et s'amoncelaient en éboulis jusqu'au pied d'une paroi montagneuse. Macaire nota avec un sentiment de satisfaction la présence de plusieurs palmiers dattiers. Il trouva par terre des tiges creuses de céréales, des épis et des grains disséminés par le vent.

L'eau miroitait. Il pensa aux châles en tissu bouclé que son père décorait avec de fines lamelles de nacre. Au bord de la source, des brins d'herbe dure retenaient des gouttelettes. Il s'approcha de buissons chargés de poussières et de sable et dérangea un engoulevent gris qui siffla et prit son vol en feignant d'être blessé. Des arbustes, qu'il dénombra, lui procureraient des feuilles ou des fruits comestibles.

Les tumeurs provoquées par les piqûres de moustiques mirent beaucoup de temps à disparaître, et Macaire eut à souffrir de lésions infectieuses parce qu'il se gratta. Pendant des jours, faible et abattu, il put à peine bouger.

L'air sec lui redonna de la vigueur. Il construisit une cellule faite de branchages, de terre et de morceaux de grès siliceux et polis par les vents de sable. Il décida d'y habiter jusqu'à sa mort. Le terrain qu'il avait choisi se trouvait, pendant la matinée, à l'ombre d'une montagne couverte de roches granitiques, à dix minutes de marche de la source.

Il construisit un barrage et creusa un canal étroit, pour détourner le cours de l'eau et la conduire vers un terrain fertilisable, où il aménagea un jardin de plantes et de racines potagères.

La terre rendit trop. Il abandonna presque tout aux oiseaux.

Plus émacié que jamais, la peau noire, racornie et rêche, les joues creusées par des maladies virales, il ne s'occupait pas de son corps. Ses pieds ressemblaient à ceux d'un mammifère ongulé. Ses dents pourrirent les unes après les autres, sans le faire souffrir. Ses excréments étaient durs, petits et rares. D'un geste machinal, il s'essuyait avec du gravier qui lui raclait la peau. Il absorbait et rejetait l'air au ralenti, faisant descendre le souffle dans son ventre, sous le nombril. Il savait que cette discipline l'aidait à rester lucide. Ce fut beaucoup plus tard que des sifflements et des râles altérèrent sa respiration.

Il récitait inlassablement la même prière, qu'il avait épurée au fil des ans, renonçant aux invocations qu'il trouvait formalistes et aux psaumes appris par cœur, adoptant un composé de mots et de sons qu'il ne prononçait même plus mais qu'il imaginait. Bientôt il n'aurait plus envie d'imaginer. Son corps prendrait le relais. Son corps serait sa prière.

D'une voix encore forte, il prononçait cette diphtongue, ce hiatus : « Dieu. » Cela produisait un bruit très court : « Dieu. » Il l'entendait à peine et finit par se demander d'où venait ce son, n'ayant pas conscience de le produire lui-même.

De loin en loin, des souvenirs le taraudèrent. Il se souvint qu'étant petit, il attrapait des sauterelles, leur pressait l'abdomen entre ses doigts, attentif à ce qu'elles restent vaguement vivantes, et faisait sortir le minuscule intestin d'un jaune phosphorescent dont raffolait un lézard qu'il apprivoisait et qui ne voulait rien manger d'autre.

Macaire écarta ce souvenir. Il refusait de se laisser attendrir par les regrets et le chagrin.

Ses paupières ne guérissaient pas. Elles restaient enflammées. Quand des poussières lui entraient dans l'œil, il se demandait s'il n'était pas lui-même comme une poussière dans l'œil de Dieu.

Il se remit à transporter des pierres. Ce travail lui plaisait. Il les classa d'abord selon leurs couleurs. Ensuite il défit les tas et voulut mettre les pierres en ligne. Cette ligne le conduisit très loin de sa cellule. Il ne prenait qu'une pierre à la fois, quelle qu'en soit la taille. A la fin, il marchait plus de deux heures. Il détruisit cette ligne en ramenant toutes les pierres à leur point de départ. Il choisit alors toutes celles qui avaient la forme d'une montagne et les porta, une à une, dans la montagne qui surplombait sa cellule. Quand il eut fini, après plusieurs mois, il rassembla les pierres qui lui rappelaient des formes humaines et les enfouit dans le sable. Puis il en trouva beaucoup qui évoquaient des animaux, poules, singes, canards, chiens. Il les plaça en cercles concentriques, entre les rocs qui entouraient la source. Il appela cet endroit « Paradis terrestre ».

Tant qu'il travaillait, il baissait les yeux et ne se préoccupait pas du paysage qui s'étendait devant lui et qui le dérangeait. Il résolut de ne plus contempler les arbres ni le ciel. Lever la tête lui semblait inutile. Il avait vécu dans différentes cellules, comme les oiseaux rapaces ont plusieurs nids. Il avait habité parmi d'autres moines, comme les animaux de même espèce vivent naturellement en troupe. Maintenant, il ne voulait plus changer d'endroit, il n'en imaginait pas d'autre que celui où il se trouvait. Il n'aurait pas supporté de voir des visages nouveaux. La vieillesse l'engloutissait.

Quand il eut soixante-sept ou soixante-huit ans, il renonça à prier debout. Il continuait bien sûr de prier les bras en croix, parce qu'il était trop tard pour qu'il change toutes ses manières d'agir, mais il priait assis, le dos de moins en moins droit.

Il avait souvent eu peur. Il n'avait plus peur. Toute sa vie, il avait voulu se rendre meilleur. Il était en train de devenir parfait. Cela ne l'effrayait pas.

Il avait quelque chose d'ardent et d'immatériel : il se promenait dans le désert, nu et voûté, d'un pas ferme, ne se considérait que comme un soldat du Christ, résistait à la mort par habitude et pensait que la vie dans le monde créé, matériel et visible, était la dernière chance que Dieu donnait aux hommes, qui furent dans un autre temps des êtres uniquement spirituels, de retrouver leur état d'extase initiale.

Macaire avait renoncé à connaître cette extase, par ascèse ou par modestie. Il s'accusa d'indolence. Il comprit qu'il se désintéressait de son salut. Il n'attendait plus rien. Il persévéra dans la prière : le pli était pris et il ne savait rien faire d'autre.

Souvent, le soir, il ramassait une pierre qu'il gardait longtemps dans sa main. La pierre lui communiquait de la chaleur. Il ouvrait la main, la pierre retombait.

Une idée obsédante lui traversait périodiquement l'esprit : retourner dans le marais de Guébélinn, être utile aux moustiques. Les femelles, grâce à son sang, pondraient de plus gros œufs. Il trouva puéril de se faire du souci pour des insectes quand on est insouciant des hommes, et refusa de se punir par des macérations immodérées. Il ne voulait plus être son propre juge.

Il n'avait plus vu personne depuis si longtemps qu'il finit par oublier à quoi ressemblait un être humain. Il n'apercevait que des bouts de son corps, un genou ou une cheville, comme une racine ou une tige. A Nitrie, il s'interdisait de regarder les autres moines et se privait de toute nourriture, lorsqu'il faisait les moissons, s'il se laissait aller à observer avec plaisir la sueur qui dégoulinait sur les torses nus des frères qui travaillaient en plein soleil.

Avec ses doigts, il dessina dans le sable des figures qui étaient peut-être celles des gens qui vivaient en ville. Une nuit, il rêva qu'il était retourné à Alexandrie et s'était mêlé à une foule bruyante. On le bousculait. Quelqu'un lui avait crié : « Chaque fois que tu as été bon, tu as été bête. » Il avait rencontré ses parents, et leur avait dit : « Je m'aime mieux que vous. » Il se réveilla. Les cris de la foule l'avaient surpris. Il se souvint qu'il avait voulu autrefois entendre des sons inaudibles en se bouchant une oreille avec le pouce, mais il ne put jamais retrouver quel pouce ni quelle oreille.

Il passait beaucoup de temps à observer des araignées qui retissaient leurs toiles endommagées. Elles travaillaient à toute vitesse. Il s'approchait et retenait son souffle qui menaçait les fragiles architectures. Les araignées mêlaient des fils secs, le long desquels elles se déplaçaient, à des fils collants et gluants, qui brillaient et attireraient leurs proies. Elles s'installaient ensuite au bord de la toile et attendaient, gardant l'une de leurs huit pattes en contact avec un fil dont la moindre vibration les avertirait : elles se précipitaient alors, sécrétant de la soie fraîche pour envelopper l'insecte captif. Macaire les vit souvent s'attaquer à des papillons plus grands qu'elles, qu'elles mordaient et qui mouraient lentement.

Puis vint le temps où Macaire quitta de moins en moins sa cellule. Il y passait ses journées, accroupi ou assis, en longs cheveux blancs, ne prêtant aucune attention aux rafales de vent et aux craquements des branches qui l'enfermaient. Il châtiait sa chair et son esprit. De crainte d'être content de lui, il s'appliquait à ne pas s'aimer, se sauvant par la haine du monde et celle de soi. Quand il fut plus âgé, il se contenta de rester accroupi et de ne penser à rien. Il jugea que se persécuter soi-même, c'était encore s'aimer. Il se contraignit à sortir plus souvent. Si des cailloux se détachaient de la paroi rocheuse, et roulaient dans une succession de bruits secs, il se forçait à relever la tête et à les chercher du regard.

Quand il avait envie de dormir, il ne rentrait plus dans sa cellule mais s'allongeait par terre, là où il se trouvait. Il dormait quatre heures, se réveillait et allait se désaltérer. En passant, il cueillait une feuille de légume amer et la mastiquait longtemps.

Il lui arriva d'apercevoir un crâne dans un éboulis de roches. Il crut entendre : « Qui es-tu ? » Le crâne cherchait à lui parler. Il ne répondit pas. Le crâne se lança dans un long discours, se plaignant d'être en enfer et suppliant Macaire de prier pour lui. Une seule pensée occupait Macaire : ce crâne lui ressemblait. Ces os auraient pu être les siens. Le crâne continua de gémir : « En enfer, nous sommes attachés dos à dos et nous ne nous voyons pas. Si quelqu'un prie pour nous, nous avons le droit de regarder le visage d'un autre, c'est le seul adoucissement que nous connaissions. Ne me le refuse pas, prie pour moi. »

Macaire délaissa le crâne et reprit sa marche. Il était resté impassible. Il réussissait ce qu'il s'était promis de faire depuis plus de quarante ans : non seulement mourir au monde, mais que le monde soit mort pour lui. Il voulait, à l'égard du monde, se comporter comme un mort à l'égard d'un autre mort.

Et il continua de vivre, détaché de soi, indifférent au temps et à l'espace.

Il n'avait plus envie d'apprendre quoi que ce

soit. Il avait tout compris. D'autres auraient aussitôt rejoint les hommes pour le leur dire. Macaire éprouva un profond bonheur en se rendant compte qu'il n'aurait plus jamais d'explication à donner à personne.

Vers la fin, il laissa un lézard creuser un trou dans le sable, tout près de lui. Le lézard ne s'éloigna jamais de ce trou. Il avait des pattes très courtes qui l'empêchaient de courir vite en cas de danger. Il attendait que les insectes passent à sa portée. Sa tête était du même noir que la peau de Macaire, et son corps d'un jaune granuleux et terne. Quand il prenait peur, il se précipitait dans son trou la tête la première et défendait l'entrée en remuant une queue râpeuse. Si la chaleur devenait trop forte, il se traînait dans l'ombre des jambes de Macaire. L'homme et l'animal passèrent souvent des journées côte à côte. Un matin, Macaire tira le lézard hors de son trou : il était mort, la tête violacée.

Quand vint l'hiver, Macaire s'étendit sur le dos et regarda le ciel, qui était blanc. Il lui sembla que ses yeux devenaient le ciel. Il avait des yeux immenses et vides. Il n'avait plus de regard, il n'exerçait plus sa mémoire visuelle.

Il lui arrivait de pleurer. C'était une nécessité pour ses yeux.

Pendant ces années, des animaux, le prenant pour un des leurs, s'approchaient de lui, le flairaient et repartaient.

Il mangeait rarement et dormait peu.

Chaque jour, il se souvenait de quelque chose de moins.

Il avait oublié le nom de l'oiseau qui brise les carapaces des tortues en les emportant dans ses serres pour les laisser retomber de très haut sur les rochers.

Il ne savait plus qu'il avait touché la membrane dilatable du bec d'un pélican ni qu'il avait mangé des baies rouges avec ses frères et sœurs.

Il avait oublié les champs de froment mûr et l'odeur de la cardamome. Il avait oublié l'existence des singes cynocéphales et celle des hippopotames qui, vus de profil, ont l'air de sourire. Il avait oublié les trirèmes marchandes qui abordaient à Alexandrie, chargées d'amphores d'huile d'olive et de bois précieux, et les esclaves à la tête rasée, qui les débardaient.

Il ignorait que des personnes instruites, venues d'Italie, de Palestine ou de Cappadoce avec leurs écritoires et leurs calames, recueillaient en Basse-Égypte les paroles mémorables des Pères du désert, et les inscrivaient sur des parchemins. Il ne savait pas qu'on se souvenait de lui et qu'on évoquait son nom avec révérence à Antioche et à Éphèse. Il ne savait pas que les récits de sa vie, excessifs et exagérés, se répandaient partout, et qu'on lui prêtait des miracles qu'il n'avait jamais faits, des tentations qu'il n'avait jamais eues. Il ne savait pas non plus qu'on le croyait mort.

Si on lui avait demandé : « Le Fils est-il égal au Père ? », il aurait répondu : « Le Fils et le Père sont les deux yeux du même visage. » Il ignorait tout des hérésies qui divisaient les chrétiens, entraînés par leurs évêques dans des luttes sanglantes et des combats de rues, des pillages et des incendies qui avaient ravagé des quartiers d'Alexandrie et de Constantinople.

Il ignorait que l'évêque d'Antioche avait payé une fille publique pour qu'elle débauche, pendant le concile, l'évêque de Cologne. Il ignorait qu'un autre concile avait interdit aux esclaves de devenir moines, afin de protéger les intérêts des riches qui avaient besoin de main-d'œuvre. Un évêque qui encourageait les esclaves à quitter leurs maîtres venait d'être excommunié.

Il ignorait aussi qu'il était le contemporain d'Éphrem le Syriaque, un ermite qui avait écrit trois millions de vers en l'honneur de la Vierge

Marie pendant que lui, Macaire, peinait pour transporter des pierres.

Il ne savait plus sous le règne de quel empereur il vivait. Il ne pensait jamais au Christ mort et ressuscité. Il ne faisait plus de différence entre la mort et la résurrection. Il avait oublié la mort comme il était en train d'oublier Dieu.

Il priait toujours, assis ou accroupi, accomplissant les gestes que son corps réclamait, des gestes automatiques qui le maintenaient en vie.

Il n'aimait plus rien. Il ne s'ennuyait jamais.

DATES

250-251. Dèce, empereur romain. Premières persécutions contre les chrétiens. En Égypte, beaucoup se réfugient dans le désert. (Alexandrie avait été la seconde ville de l'Empire romain, comptant plus de 500 000 habitants.)

270. Saint Antoine se retire dans le désert, d'abord dans un fort romain abandonné, puis dans le désert arabique, près de la mer Rouge. Il fera deux voyages à Alexandrie pour soutenir de son autorité morale le patriarche Athanase, lequel écrira la fameuse *Vie de saint Antoine*.

284. Dioclétien, auguste et empereur d'Orient, habite Nicomédie. (Maximien, empereur d'Occident, à Trèves.)

286. Naissance de Pacôme, qui fondera des monastères en Haute-Égypte et établira

des règles de vie monastique qui influenceront tous les moines chrétiens.

301. Naissance de Macaire l'Ancien, dit aussi Macaire l'Égyptien ou le Grand Macaire. Il fondera le monastère de Scété, à moins de cent kilomètres au Sud-Est d'Alexandrie.

303. Début des persécutions de Dioclétien (conseillé par Galère). Elles dureront dix ans, jusqu'à l'acte de tolérance de Galère et l'édit de Milan.

305. Dioclétien et Maximien abdiquent. Successeurs : Galère, ancien berger, gendre de Dioclétien, et Constance Chlore, adopté par Maximien.

306. Constantin, fils de Constance Chlore et de sa concubine (la future sainte Hélène), proclamé auguste par ses légions, à la mort de son père.

312. Victoire du Pont Milvius (« *In hoc signo vinces* »).

320. *Naissance de Macaire le Copte, anachorète dans les déserts arabique et libyque. Sa vie fait l'objet du présent ouvrage.*

325. Fondation du monastère de Nitrie, par Amoun. Concile de Nicée, décidé et di-

rigé par Constantin. Les évêques arrivent de partout. Leurs frais de voyage et de séjour sont pris en charge par l'empereur.

328. Athanase devient patriarche d'Alexandrie. Il aura à lutter contre Arius, prêtre hérétique condamné à Nicée en 325 mais réhabilité en 327, jadis ordonné par l'évêque Meletius de Lycopolis (lequel essaya de fonder en Égypte une Église « parallèle », comptant déjà 28 évêchés en 325). Athanase sera exilé à Trèves par Constantin. L'Église d'Égypte est dans un piteux état. Les païens s'en moquent dans des pièces de théâtre.

330. Fondation du monastère de Scété.

335. Fondation des Cellules (« Kellia ») par Amoun, conseillé par saint Antoine. Nitrie, Scété, les Kellia sont très proches géographiquement. Vont aux Kellia les moines qui ne trouvent plus assez de solitude à Nitrie.

335. Épisode : à Chypre, Calocaeros, « administrateur du cheptel des chameaux de l'empereur », se déclare roi indépendant. Le neveu de Constantin est chargé d'étouffer la rébellion. L'éphémère roi de Chypre meurt, brûlé vif.

337. Constantin, baptisé sur son lit de mort. D'autres empereurs seront : Constantin II (337-340), Constant (340-350), Julien l'Apostat (361-363), Valens (364-378), Théodose le Grand (379-395), Arcadius (395-408).

356. Mort de saint Antoine.

374. Saint Jérôme quitte Rome et se retire dans le désert, en Syrie. C'est là qu'il écrit sa *Vie de saint Paul, premier ermite.* Paul était un moine égyptien, qui a vécu dans le désert une vingtaine d'années avant saint Antoine.

383. Arrivée d'Evagre le Pontique à Nitrie (il avait fui la cour de Constantinople où il était amoureux de la femme d'un haut personnage). Il écrira des livres. (Cf. « Un philosophe au désert », article d'Antoine Guillaumont, *Revue de l'histoire des religions,* Paris, 1972.)

389. Sur ordre de Théodose, destruction du temple de Sérapis à Alexandrie. La bibliothèque créée par Antoine (Marcus Antonius) est incendiée.

390. On compte six cents moines aux Kellia.

399. Mort d'Evagre le Pontique.

400. Théophile, archevêque d'Alexandrie, vient avec une petite armée improvisée piller et brûler les cellules (et les livres) des moines des Kellia suspects d'hérésie. Trois cents moines doivent s'exiler et sont accueillis à Constantinople par saint Jean Chrysostome.

402. *Date présumée de la mort de Macaire le Copte.*

420. Pallade rédige une histoire des pères du désert, connue sous le nom d'*Histoire lausiaque.* Pallade avait été moine en Égypte de 389 à 400. Au moment où il écrit, il est évêque en Galatie.

Le moine Rufin d'Aquilée traduira en latin un récit rédigé en grec par des moines palestiniens qui avaient visité les différents monastères d'Égypte : *Historia monachorum in Aegypto* (édition critique du texte grec publiée par la Société des Bollandistes, en 1961 ; une traduction française par le père Festugière en 1964). Depuis le Ve siècle jusqu'aujourd'hui, diverses publications des apophtegmes des pères du désert (recueillis en syriaque, grec, latin, arménien, copte, etc.), notamment à Venise, au Caire, à Cambridge, à Louvain, à Athènes, à Paris. Les abbayes de Solesmes et de Bellefontaine ont récemment publié des traductions nécessaires à la connaissance du monachisme primitif.

Le mot « copte », qui désigne les chrétiens d'Égypte ainsi que leur langue (Littré parle d'un « idiome de transition »), provient de la déformation arabe ne retenant que les consonnes du mot grec *Aiguptos,* lui-même formé d'après le mot égyptien *Hikaptah* (un des noms de la ville de Memphis, « demeure de l'âme de Ptah »). Champollion fait remarquer : « La langue égyptienne antique ne différait en rien d'essentiel de la langue vulgairement appelée copte ou cophthe. »

En 395, l'Égypte n'était plus qu'une province de l'Empire byzantin. Elle connaîtra au VIIe siècle la domination perse, puis arabe. La civilisation copte se développa loin des villes. L'art et la pensée coptes, d'inspiration rurale et populaire, ont fait ce qu'ils ont pu pour s'affirmer, malgré l'héritage gréco-romain, la pression de Byzance et l'intransigeance du catholicisme.

DU MÊME AUTEUR

Aux Éditions Gallimard

LE PITRE
LE RADEAU DE LA MÉDUSE

Aux Éditions Balland

BERLIN MERCREDI
LES FIGURANTS

Impression Bussière à Saint-Amand (Cher),
le 13 février 1984.
Dépôt légal : février 1984.
Numéro d'imprimeur : 2904.

ISBN 2-07-037543-9/Imprimé en France.

33035